阿Q正伝

魯迅
増田 渉＝訳

角川文庫
20984

目次

狂人日記

某君兄弟、いまその名は伏せるが、ともに私が昔、中学で仲のよかった友人である。多年、離れて住み、次第に消息を欠いた。先ごろ、偶然その一人が重い病気にかかったと聞き、たまたま故郷に帰るとき、廻(まわ)り道して彼らを訪ね、その一人に面会、病人は弟のほうだという。遠路を見舞いに立ち寄ってもらったが、すでに治癒して、いまは某地に赴き任官を待っているとのこと。そこで笑いながら、日記二冊を取り出し、当時の病状がこれでわかるし、旧友たちに献呈してもよいといった。持ち帰って一読すると、病気というのは、どうやら「被害妄想狂」のたぐいであることを知った。書いていることはごたごたして秩序がなく、また取りとめのないことが多い。また月日をはっきり記入していないが、ただ墨色や字体が一様でなく、一度に書いたものでないことがわかる。だがときどきほぼ筋のとおっているところもあるし、いま中の一篇をとって紹介して、医家の研究に供したい。記載の中の誤っている言葉も、一字として変えないでおく。人名はみな片田舎の人であり、世間に知られているわけでなし、大した問題にもならないが、やはりすべて取りかえておいた。題名については、本人が病気が治ってからつけたものであって、そのまま改めないでおく。民国七年四月二日記す。

・

一

今夜は、とてもいい月の光だ。

私がそれを見なくなって、もう三十何年かになる。今日見て、ことのほか気分がさっぱりした。それでわかったのだが以前の三十何年間かは、まったくぼんやりすごした。だが十分気をつけねばならぬ。さもなければ、あの趙(チャオ)家の犬は、どうして私をジロジロと見るのだろう？

私がおびえるのは無理もない。

二

今夜はさっぱり月の光がない。それでおもしろくないわけがわかった。朝、用心深く門を出ると、趙貴翁(チャオクイ)の眼が疑わしげに光っていた。私を怕(おそ)れるようだったし、私を殺そうとしているようだった。また、七、八人の者がいて、コソコソと額をつき合わせて私のことを議論していた。そして私が見るのを怕れていた。道で会う人が、みんなそんなふうだった。中でも一番おそろしかった一人は、口をつき出して、私のほうを向いてニヤリと笑った。私は頭のてっぺんから足のさきまでサッと冷たくなり、彼らの手筈(てはず)がすっかりできていることを知った。

私はだが怕れず、そのままずんずん歩いて行った。前方にいた一群の子供たちが、やっぱりそこで私のことを議論していた。眼の色も趙貴翁(チヤオクイ)と同じく、顔色はみんな真っ青だ。子供たちと私とは何の仇(あだ)かたきがあるというのだろう、彼らはどうしてこんな仕打ちをするのだろうかと私は思った。たまらなくなって大声でいってやった、「お前たちいって見ろ！」と。彼らはだがそのまま駈(か)け出して行ってしまった。

私は思った、私は趙貴翁(チヤオクイ)と何の仇かたきがあるというのだろうか、道行く人たちと何の仇かたきがあるというのだろうかと。ただ二十年前に、古久(クーチウ)さんの古ぼけた大福帳を、ちょっと蹴(け)とばしたことがあったが、古久(クーチウ)さんはとても渋い顔をした。趙貴翁(チヤオクイ)はあの人とは知り合いではないけれども、きっと噂をきいて、古久(クーチウ)さんのために心よからず思っているのだ。道行く人たちにも私に恨みをもつように取りきめをしたのだ。だが子供たちはどうしてだろう？　あの当時、子供たちはまだ生れてはいなかったのに、どうしていまごろ疑わしげな眼を光らせて、私を怕れるかのように、私を殺そうとするかのようにするのだろう。そのことはまったく私をおびえさせ、私を不思議がらせ、また心悲しませる。

私にはわかった。これは彼らの両親が教えたのだ！

夜はどうしても眠れない。すべてのことは研究せねばならない、それでハッキリするのだから。

三

彼らは――知事に拷問された者もいるし、顔役に張りとばされた者もいる。役人に女房をとられた者もいるし、両親を金貸しに責め殺された者もいる。彼らのそのときの顔色は、昨日のようにあれほどおびえてはいなかったし、またあれほどおそろしくもなかったが。

最も奇怪なことは、昨日、街路(とおり)で見たあの女だ。息子を殴りつけながら、口ではいっていた、「おとっつぁんよオ！　わしはお前に嚙(か)みついてやりたい、そうしないことには腹の虫が収まらぬ！」と。あの女の眼はだが私を見すえていた。私はたまげてしまって、身をよけることもできなかった。あの黒い顔に歯をむき出した一群の男たちが、そうするとドッと笑い出した。陳老五(チエンラオウー)（家の下男）がやってきて、無理矢理私を引っぱって家に連れ帰った。

私を引っぱって帰ったが、家の者たちは誰も取りあう者はなかった。彼らの眼の色は、まったくほかの者と同じだった。書斎に入ると、外から戸を閉めて、まるで鶏(とり)でも押しこめたようだった。この事件は、いよいよ私に事の真相をはかりかねさせた。五、六日前、狼子村（ランツ）の小作人が饑饉（ききん）で収穫のないことを訴えてきて、私の兄貴に、彼らの村の一人の大悪人が、大勢に打ち殺された話をした。何人かの者はその男の内臓をほじくり出し、胆ッ玉（きも）を太くするのだといって、油で炒めて食ったという。私がひとこと口をはさむと、小作人と兄貴は私をジロジロと見た。今日はじめて私は彼らの眼の色が、外部のあの一群の者たちとまったく同じであることを知った。

それを思い出すと、私は頭のてっぺんから足のさきまでサッと冷たくなる。

彼らは人を食うことができる、だとすれば私を食わないものでもない。あの女の「お前に嚙みつく」という言葉、また一群の黒い顔の歯をむき出した者たちの笑い、また先日の小作人の話などを考えてもみるがいい、明かに共謀（ぐる）だ。私は彼らの言葉の中に毒がいっぱいあり、笑いの中には刃物がいっぱいあり、彼らの歯は、すべて白々と薄気味悪くならべられていて、これはつまり人を食う道具であることを発見した。

私自身、考えてみるに、悪人ではないのだが、古久（クーチウ）さんのところの帳簿を蹴とばしてからというもの、どうもわからなくなってしまった。彼らは何か考えがあるようだが、まったくそれをはかりかねる。まして彼らはひとたび喧嘩（けんか）でもすれば、すぐにあれは悪人だと決めつけるのだから。私は兄貴が私に論文を書くことを教えたときのことを思い出す。たとえばどんなに善人だろうが、その人を少し反対にやっつけておくと、兄貴はいくつもマルをつけた（感心したしるし）。悪人を少し弁護すると、彼は「驚くべき妙筆、人並みすぐれる」といった。彼らの考えが、畢竟どのようなものであるかを、私はどうして推察できようか。まして食おうとしているときであることを。

すべてのことは研究せねばならない、それでハッキリするのだから。昔からよく人を食ったことは、私も知ってはいるが、しかしあまりハッキリとはしない。私は歴史の本をひもといて少し査べてみた。この歴史には年代はなかったが、そこには歪んでくねくねと、どのページにも「仁義道徳」のいくつもの文字が書かれていた。私はどうしても眠れないまま、夜どおし詳細にながめ廻して、やっと文字と文字との間から見つけ出したのは、書物いっぱいに「人食」という二つの文字が書かれていることであった！

書物にはこんなにたくさんの文字が書かれているし、小作人はあんなにいろいろな話をした。そして誰もがニヤニヤと疑わしげな眼を光らして私を見る。

私も人だ、彼らは私を食おうと思っているのだ！

四

朝、私はしばらく静かに坐っていた。陳老五が飯をもってきた、ひと碗の野菜とひと碗の蒸し魚だ。この魚の眼は、白く硬ばり、口をつき出していて、あの一群の人を食おうと思っている人間と同じだ。箸をとって少しかき込んだが、つるつるとして魚か人間か区別がつかない、それで腹の底から全部吐き出した。

私はいった、「老五（ラオウー）、兄貴にいってくれ、私はとても気づまりでたまらないから、庭へ散歩に出たいと思うと」。老五（ラオウー）は返事もせずに、行ってしまった。しばらくたって、だがやってきて戸を開けてくれた。

　私はじっと動かないで、彼らがどのように私を処置するかを研究した。彼らはきっとこのまま手をゆるめはしないことはわかっている。果たせるかな！　兄貴は一人の老ぼれを案内して、そろりそろりとやってきた。老ぼれはキッイ眼を光らし、私に見破られることを怕れて、ただ頭をさげて下ばかり向きながら、眼鏡の横からそっと私を見る。兄貴がいった、「今日はお前だいぶんいいようだな」と。「そうです」と私はいった。兄貴はいった、「今日は何（ホー）先生をお呼びして、お前をちょっと診てもらってやる」。私は「かまいません！」といったものの、本当はこの老ぼれは殺し屋の姿を変えたものであることを私が知らないはずがあろうか！　ただ脈を見るという名目にかこつけ、肥えているか痩（や）せているかをしらべてみるというだけのことではないか。この手柄によって、老ぼれも一片（ひときれ）の肉の分け前にあずかる。私はでも怕れはしない。人間を食わないけれども、胆ッ玉は彼らよりずっと太い。二つの握り拳（こぶし）をつき出して、老ぼれがどんなことをやり出すかを見る。老ぼれは坐ったまま、眼を閉じた。しばらく撫（な）で廻して、しばらくぽかんとしていたが、やがてその化けもののような眼を大きく見開いていった、「あれこれ考えたりしないことです。四、五日じっと静かにしていれば、すぐよくなります」

　あれこれ考えたりするな、じっと静かにしていろ！　それで肥え太ったら、彼らはもちろん余分に食える。私に何のいいところがあろう、どうして「よくなります」かってんだ。彼ら一群の仲間は、人を食おうとして、コソコソとやる方法を考えて人の目を掩(おお)い、直接手を下そうとはしない、まったく笑わせる。私はがまんできなくなって、大声を出して笑ってやったら、すっかり気がせいせいした。この笑い声の中にあるものが、義勇と正気であることを自分で知っている。老ぼれと兄貴は、みな色を失って、私のこの勇気と正気に鎮圧されてしまった。

だが私に勇気があるので、彼らはこの勇気にあやかりたいと、ますます私を食おうと思うのだ。老ぼれが部屋を出て、あまり向こうへ行かないとき、低い声で兄貴にいった、「急いで召しあがって！」（薬を飲むことをいったのを、殺して食うことと思う）と。兄貴はうなずいた。何だお前までそうだったのか！　この大発見は、意外でもあったが、やっぱり思わないことでもなかった。仲間になって私を食うのが、私の兄貴だ！

人を食うのが私の兄貴だ！

私は人食い人間の弟だ！

私自身が人に食われても、それでもやっぱり人食い人間の弟だ！

五

近頃は一歩退いて考えるのだが、もしあの老ぼれが殺し屋の姿を変えたものでなく、本当に医者だとしても、やっぱり人食い人間だ。彼らの元祖である李時珍（りじちん）の著わした『本草（ほんぞう）何とか』という本には、ちゃんと人肉はいためて食えると書いてある。自分では人を食わないと彼がいえるだろうか？

私の家の兄貴となると、これは何も無実の罪をきせるというものではない。彼は私に書物を講釈したとき、はっきり「子を取りかえて食う」（『左伝』に出ている話。籠城のとき食糧難に陥り、子供を食ったが、自分の子供は食うに忍びないので、他家の子供と取りかえて食ったとある）ことができるといった。またいつか偶然、ある悪人について議論したとき、彼はいった、ただちに殺すべきであるのみか、その「肉を食い、皮に寝る」（相手を徹底的に憎み、侮辱をあたえるため。これも『左伝』に出ている）べきだと。私はそのころまだ子供であったが、心臓が半日あまりドキドキしていた。先日狼子村（ランツ）の小作人がきて内臓を食った話をしたときも、兄はちっとも不審がりもせず、絶えずうなずいていた。それでその心根は以前と同じように兇悪（きょうあく）であることがわかる。「子を取りかえて食う」ことができるのであれば、どんなものとも取りかえられるわけだし、どんな人間でも食うことができる。私は以前はただ兄がものの道理を講釈するのを、ボンヤリと聞きながしていた。今では彼がものの道理を講釈するときに、唇のあたりに人間の油をなすりつけているばかりか、その心の中には人食いの考えをいっぱいに詰めこんでいることを知った。

六

真っ暗闇で、昼か夜かわからない。趙家の犬がまた吠えだした。

獅子のような兇猛な心、兎のような怯えた弱さ、狐のようなずる賢さ、……

七

私には彼らのやり方がわかった。直接殺したのでは、気がとがめるし、またやれもしない、あとのたたりを怕れるからだ。だから彼らはみんなで連絡して、網をいっぱいにはりめぐらし、私に自殺さすように仕向ける。数日前、街頭での男女の様子、また近ごろの兄貴のやり口を見るがいい、八、九分どおりは気のつくことだ。一番いいのは腰の紐帯を解いて、梁にかけて、自分でちゃんと首にくくりつけて死ぬことだ。彼らに殺人の罪名はつかず、また心からの願いをとげさすことにもなり、もちろんみんなよろこびいさんで一種のむせび泣きという笑い声をあげる。さもなければ、驚きおびえるか、ふさぎ悲しむかして死ぬことであるが、少し痩せてはいるけれども、それでも満足のうなずきをさせるには事欠かない。

彼らは死肉が食えるのだ！——何かの書物に書いてあったが、ある動物、「ハイエナ」というのがいて、眼つき体つきがとてもこわく、いつも死肉を食い、とびきり大きな骨でも、こまかく嚙みくだいて、呑みこんでしまうという、思ってみるさえ空おそろしい。「ハイエナ」は狼の親類で、狼は犬の一族だ。先日、趙家の犬は、私をジロジロと見たが、あいつも共謀で、早くからもう話はついている。老ぼれが伏目を使ったところで、私をだますことができるものか。

一番可哀そうなやつは私の兄貴だ、彼も人間だし、どうしてこわがらずにはいられようか。それに、いっしょになって私を食うのではないか？　あるいはこれまでなれっこになっていて、悪いことだと思わないのではあるまいか？　あるいは良心を失ってしまって、よく承知していながら、わざと悪いことをするのではないか？

私は人食いの人間を呪う。まず兄をはじめとして、人食い人間を改心させねばならぬ、まず兄から手はじめにして。

八

本当はこのような道理は、いままで彼らもとっくに知っているはずだが、……

ふと一人の男がやってきた。年のころ二十歳くらいで、顔立ちはあまりハッキリしないが、顔中に笑いをうかべて、私に向かってうなずいた。彼の笑いは本当の笑いのようではない。私は彼にたずねた、「人間を食うことは正当かね？」と。彼は相変らず笑いながらいった、「饑饉年でもなければ、どうして人間が食えよう」と。私はたちまちにしてわかった、彼も同類で、人食いが好きであることが。そこで勇気百倍して、あくまで彼を問いつめた。

「正当かね？」

「そんなことを聞いてどうするのだ。君はまったく……冗談がうまい。……今日はとてもいい天気だね」

天気はいいし、月もたいへん明るい。だが私は君に聞きたいのだ、「正当かね？」

彼は肯定しなかった。ボソボソと答えたのである、「ではない……」

「正当ではない？　では奴らはどうして食うのか？」

「そんなことはない……」

「そんなことはない？　狼子村(ランツ)では現に食った。また書物にもちゃんと書いてある、真っ赤な生々しいやつを！」

彼は顔色を変え、鉄のように真っ青になった。眼を見開いていった、「あるといえばあるかもしれないが、それはこれまでがそうで……」

「これまでがそうであれば、それで正当かね？」

「私は君とそんな理窟(りくつ)をいいたくはない。とにかく君はモノをいってはならない、君が何かいえば、つまり君の間違いなんだ！」

私はイキナリ飛び起きて、眼を見開いたが、その男は見えなかった。全身びっしょり汗をかいていた。彼の年ごろは、私の兄貴に比べてずっと若いが、やっぱり同じ穴の貉(むじな)

だ。これはきっと彼の両親が前から教えたのにちがいない。ひょっとするともう彼の子供にも教えてやったかもしれない。だから子供までが、みんなおそろしい眼つきで私を見る。

九

自分では人を食おうと思いながら、またほかの者から食われることを怕れるのだ、誰もがひどく疑い深い眼を光らして、顔をのぞきあう。……

このような心を捨て去って、安心して仕事をし、道を歩き、飯を食い、睡眠がとれたら、どんなにのどかなことであろう。それはたったひとすじの閾でしかなく、一つの境界でしかない。彼らはそれだのに父子、兄弟、夫婦、朋友、師弟、仇敵およびそれぞれ見知らぬ者たちまでが、みんな一群をなして、互にはげまし、互に牽制しあって、死んでもこの一歩を跨いでふみ出そうとはしない。

一〇

朝早く、兄貴をたずねて行った。彼は広間の入口の外に立って天気を見ていた。私は彼の背後に廻って行って、入口をふさいで、特別もの静かに、特別おだやかに彼にいっ

た、

「兄さん、あなたに話したいことがある」

「話してみればいい」と彼は素早くこちらに向きなおって、うなずいた。

「ただほんの少し話したいが、それがうまくいえません。兄さん、多分昔の野蛮な人間は、みんな人間を食っただろうと思います。あとになると心の持ち方がちがってきて、ある者は人を食わなくなり、ひたすら向上を心がけ、そして人間に変わったのです、本当の人間に変わったのです。ある者は相変わらず食った、――それは虫けらも同じで、そのある者は魚や鳥や猿に変わって行き、そしてそのまま人間にまで変わって行ったのです。ある者は向上心がなく、今日まで虫けらです。この人食い人間は人を食わない人間に比べて、どんなにか羞かしいことでしょう。おそらく虫けらが猿に羞じるのに比べても、ずっとずっと差の多いことでしょう。

易牙(春秋時代の人、料理の名人であったといわれる)は彼の息子を蒸し料理にして桀・紂(ともに古代の暴君として知られるが、両者は時代がちがう)に食わしたのですが(この話は『管子』に出るが、食わしたのは斉の桓公となっている)、これはずっと昔のことです。ところが盤古(伝説的な天地創造者)が天地を闢いてこの方、易牙の息子まで食いつづけられ、易牙の息子から徐錫林(清末の革命家、徐錫麟を指す。刺客として捕殺されたあと、その内臓を取り出して食われたという)まで食いつづけられ、徐錫林からまた狼子村で捕まった人まで食いつづけられたのです。去年城下で犯罪者が殺されたときも、肺病やみの人が、饅頭にその血をひたして舐ったのです。

みんなが私を食おうとしていますが、あなた一人では、もともとどうにも仕方のないことですが、それにしても何も仲間になる必要はないでしょう。人を食う人間は、どんなことでもやります。あいつらは私を食うこともできれば、またあなたを食うこともできるのです。あいつらの仲間は、また自分たちで食いあうこともできます。ただ一歩方向を変えることです、今すぐ改めることです。そうすれば誰もが平和です。これまでそうではあったけれども、私たちは今日から特別立派になれるのです、できない！　とおっしゃるのです。兄さん、私は信じます、あなたにはそれをいうことができるのだと、先ごろ小作人が小作料を負けてくれといったとき、あなたはできないとおっしゃった」

はじめ、兄はただ冷やかに笑うだけであったが、あとになるほど眼の色が兇悪になり出し、ひとたび彼らの痛いところをつくと、顔中が真っ青になった。門の外に立っていた一群の人、趙貴翁（チャオクイ）と彼の犬もその中にいたが、みんなのぞき込むように押しこんできた。ある者はその顔形がよく見えず、何だか布で包んでいるようだ。ある者は相変わらず黒い顔に歯をむき出し、含み笑いをしていた。私は彼らは同じ仲間で、みんな人食い人間であることを認めた。だが彼らの心はそれぞれ一色でないことを知っていた、一種は今までそうであったから、食わねばならぬとするものであり、一種は食ってはならぬと知りながら、しかも食いたがるのだが、それもほかの者がその気持ちを見すかすことを怕れる、だから私の言葉を聞くと、ますます腹立たしさに堪えられず、ただ含み笑いで冷やかに笑うものである。

そのとき、兄貴が突然、兇悪な顔色をあらわにして、大声で怒鳴った、

「みんな帰れ！　気狂いを見て何がおもしろい！」

　このとき、私にはまた一つ彼らの巧妙なやり口がわかった。彼らは改心しないばかりか、早くからもう手筈をととのえている、気狂いという名前を用意して私におしかぶせるのだ。いつか私を食うにしても、平気の平左であるばかりか、多分、それを尤もだと思う人もあるだろう。小作人がいった大勢で一人の悪人を食ったというのは、正しくこの方法だ。これが奴らの常套手段なのだ！

　陳老五もイライラしてつっ走ってきた。どうして私の口をふさぐことができようか、私はあくまでもこの共謀者たちにいわねばならない。

「君たちは改心するがいい、真心から改心せよ！　これからは人食い人間は、この世に生きることは許されないことを知るがいい。

　君たちがもしも改心しなければ、自分もまた食われてしまう。たとえ大勢生まれてきても、本当の人間のために滅ぼされてしまう、猟師が狼を撃ち殺してしまうのと同じように！――虫けらと同じように！」

　共謀者たちは、みな陳老五によって追っぱらわれた。兄貴もどこへ行ったのかわからなくなった。陳老五は私をなだめて部屋へ帰した。部屋の中はすっかり真っ暗闇だ。梁と椽がみな頭の上でふるえている。しばらくふるえていたが、すぐに大きくなって行って、私のからだを押しつぶした。

　とても重くて、身動きができない。私を殺そうという考えだ。私はその重圧はニセものだと思ったから、身をもがいて出てきたが、体中に汗をびっしょりかいた。だが私はあくまでもいわねばならない。

「君たちはすぐに改心し、真心から改心せよ！　君たちは、これからは人食い人間は許されないことを知るがいい、……」

二

太陽も出ない、入口も開かれない、毎日が二度の飯である。

私は箸を握ると、兄貴のことを思い出した。妹が死んだのも、すべて兄のせいであることがわかった。あのとき私の妹はまだ五歳で、可愛らしく、いとおしい姿が、いまも眼の前にうかぶ。母は泣いてやまなかったが、兄は母をなだめて泣かないようにいった。多分、自分が食ったのだから、泣かれると何か気がとがめるからだろう。もしもやっぱり気がとがめるというのであれば、……

妹は兄貴に食われたのだ、母は知っていたのかどうか、私にはよくわからない。

母は多分知っていたのだろう。だが泣くときは、何もハッキリいわなかった、おそらくそれを当り前のことと思ったのであろう。思い出すのは、私の四、五歳のころのことだ、広間の前で夕涼みをしていたときに、兄貴がいった、父母が病気になったら、子供たるものは自分の一片の肉を切りさいて、それを煮てあげて喰べさせてこそ、立派な人間といえると。母もいけないとはいわなかった。一片が食えるなら、全部ももちろん食える。それにしてもあの日の泣き方は、いまから思えば、本当に人の心を悲しませるものであったが、これはまことに不可思議至極のことである！

一二

考えられなくなった。

四千年以来いつも人を食ってきたところ、今日はじめてハッキリわかった、私もその中で多年生きていたことが。兄貴が家督をついでいたとき、うまい工合に妹が死んだ、彼は飯のお菜にまぜて、こっそり私たちに食わせたのではなかろうか。

私は知らないうちに、私の妹の肉の何片かを食ったのではなかろうか、現在それが私自身の番にまわってきた、……

四千年の人食いの履歴をもつ私、最初は知らなかったけれども、いまはハッキリした、本当の人間には顔向けができない！

一三

人を食ったことのない子供は、あるいはいるだろう？

子供を救え……

（一九一八年四月）

孔乙己

魯鎮の居酒屋の模様は、ほかの土地とはちがっていた。表通りに向かって曲尺形の大きなスタンドがつくられていて、スタンドの内側には熱い湯が用意され、いつでも酒の燗がつけられるようになっていた。働く人たちが午ごろに、また夕方に仕事を済ますと、よく四文の銅貨を投げ出して、一杯の茶碗酒を買い、――これは二十何年か前のことであるから、いまでは一杯が十文に上がっているだろう、――スタンドに倚りかかって立ち、熱いやつをひっかけて一息入れるのである。もしもう一文奮発するならば、筍の塩漬けを煮たものとか、または茴香豆（茴香と豆とを煮込んだもの）を一皿買って、酒の肴にすることができるし、もし十何文か出せば、肉か魚の生臭料理を一品買うことができる。だがここのお客たちはだいたい仕事着仲間だから、たいていはこのような派手な散財はしない。けれども裾長の着物（労働着ではない）を着た人が、悠然とやってきて店の間を通って隣の奥の部屋へ入って行くと、酒だ、料理だと注文して、腰をおちつけてゆっくりと飲むのであった。

私は十二歳のときから、村の入口の咸亨(シエンホン)酒場で、小僧をやったが、主人から、あまり気が利かないし、裾長の着物のお客さまに不調法があってはいけないから、表のほうで何か働くことにしろといわれた。表のほうの仕事着のお客は、気のおけない話はできたが、しかしくどくどと面倒くさいことをいう者が少くなかった。彼らはよく老酒(ラオチュウ)を瓶(かめ)から汲(く)み出すところを監視し、燗壺(かんつぼ)の底に水を入れて割らないかどうかを見、そして燗壺を湯の中におくのを自分で見届けて、それでやっと安心する。このような厳重な監督の下では水を割ったりすることはとてもできない相談であった。だから四、五日すると、主人はまた私がこんなこともできないといって叱った。幸いにして私を店に世話してくれた人の顔がよく利いていて、私をお払い箱にすることもならず、それでただ酒の燗番をするというだけのおもしろくない役目に変えられた。

私はそれからというもの一日中、スタンドの内側につっ立って、ただ私の役目をつとめるのであった。これという失敗(しくじり)はなかったけれども、しかしどうも何とも単調なものであった。主人はコワイ顔をしていたし、お客も愛想よくなかったし、どうも晴々しい気持ちになれなかった。ただ孔乙己(クンイーチー)が店にやってくると、笑い声がはずんだ。だからいまでもまだよく覚えている。

孔乙己(クンイーチー)は立ち飲みの仲間で、しかも裾長の着物を着たただ一人の客であった。彼は身の丈(たけ)がたいへん高く、青白い顔色をして、皺(しわ)の間にはたいてい何か傷痕(きずあと)があった。モジャモジャの胡麻塩(ごましお)の頬(ほお)ひげをしていた。着ているのは裾長の着物であったが、しかし汚ならしくまたボロボロで、十年以上も繕ったこともなければ、また洗濯したこともないようであった。彼が人に向かって話をするとき、いつも口をついて出るのは気どった文章語で、ほかの人々にはわかるようなわからないようなものであった。彼は苗字(みょうじ)が孔(クン)であったから、人々は習字手本に書かれている「上大人孔乙己(クンイーチー)」という、わかるようなわからないような文句から取ってきて、彼の仇名(あだな)につけ、孔乙己(クンイーチー)といっていた。孔乙己(クンイーチー)が店にくると、そこに居合わせた酒をのんでいる客たちは、みんな彼を見て笑うのである。ある者はこういう「孔乙己(クンイーチー)、お前の顔にはまた新しい傷痕がふえたな!」。彼は返事もせずに、スタンドの内側に向かっていう「二杯温めてくれ、茴香豆も一皿もらおう」。そして九文そこへならべる。客たちはまたわざと大きな声でさわぎ立てる「お前きっとまたよそ様のものを盗んだな!」。孔乙己(クンイーチー)は眼玉を大きくむいていう「お前どうしてこのような証拠もなきことをいうて人の潔白を汚す……」「なに潔白だって? 俺は一昨日(おととい)この眼でお前が某家の書物を盗んで、縛られて打たれているところを見たんだ」。孔乙己(クンイーチー)はすると顔を真っ赤にし、額には青筋を一本一本ふくらませて、弁解に大わらわになる「書物を盗むのは盗みの中には入らない……書物を盗むのは!……読書人のすることで、盗みには入らないのじゃ」。それからつづけてむずかしいわからない言葉をならべる「君子もとより窮す」とか、「何何は何々ならんや」というようなたぐいで、人々をドッと笑いださせるのである。店の内外には賑(にぎ)やかな空気がいっぱいになる。

孔乙己のいないときに人々がむだ話をしているのを聞くと、孔乙己はもともと書物を読んで勉強をしたのだが、しかしついに秀才の試験（高等文官の予備試験で、及第者は一種の特権的資格をあたえられる）に及第できなかったし、またこれという生計の道を立てることもできず、それでだんだん貧乏になって行って、もう乞食になるばかりの破目にまでなった。幸いに字を書くことが上手だったので、よその人のために書物を筆写して、飯の種にありついていた。残念なことには彼には一種の悪いクセがあった、つまり酒好きで怠け者であることであった。何日も筆写の仕事をしないうちに、彼自身はおろか、書物も紙も筆硯も、いっしょにどこかへ行方不明になってしまう。そのようなことが何度もつづいて、彼に筆写を依頼する人もなくなった。孔乙己は仕方がないので、つい出来心からちょっとした盗みをするようになったのである。だが彼は私どもの店では、品行はほかの者にくらべてずっとよかった、つまりこれまで貸しを引きのばすことがなかった。時には現金を持ち合わせないことがあって、しばらくの間、黒板に書きつけておくが、それでもひと月とたたないうちに、きまってきれいに支払って、黒板から孔乙己の名前は拭き消された。

孔乙己は茶碗に半分ばかり酒をのむと、赤らめた顔の色は次第にもとにかえる、するとまたそばの人はたずねる「孔乙己、お前ほんとうに字を知っているのかい？」。孔乙己はそのたずねた者を見ながら、返事をするのも屑しとしないといった顔つきをあらわにする。彼らはつづけてまたいう「お前どうして半分の秀才もとれなかったのだい？」。孔乙己はするとやり切れないような表情をうかべる。顔はすっかり灰色に覆われてしまい、口には何ごとか喋(しゃべ)るが、しかしそのときの言葉はまったくの文章語で、ひとこともわけがわからないのである。このとき、人々はまたドッと笑い出す、店の内外には賑やかな空気がいっぱいになる。

このようなとき、私もいっしょになって笑うのであったが、主人は決して叱りはしない。それぱかりか主人は孔乙己(クンイーチー)の姿を見ると、いつもそんなふうなことを彼にたずねて、人々を笑わせる。孔乙己(クンイーチー)自身も彼らと話し相手にはなれないことを知っていて、ただ子供に向かって話しかけるばかりであった。あるとき彼は私に向かっていった「お前は書物を読んだことがあるかね」。私はちょっとうなずいた。彼はいった「書物を読んだことがあるなら、……わしは一つお前を試験してみよう、茴香豆の茴の字は、どう書くかね？」。私は思った、乞食のような人間が、私を試験する資格なんかあろうかと、それでソッポを向いて、相手にしないでいた。孔乙己(クンイーチー)は長いこと待ってから、とても丁寧にいった「書けないのかね？……お前さんに教えてやる、覚えておくのだよ！こんな字は覚えておかなくちゃいけない。いつか店の主人になったとき、帳面づけに必要だからな」。私は心のうちに思った、私と主人との身分のちがいはずいぶんかけ離れている、それに私どもの主人もこれまで茴香豆を帳面につけたことなんかない。可笑(おか)しくはあるし、うるさくはあるし、いい加減に答えてやった「誰がお前なんかに教えてもらうものか、草かんむりの下に来回の回の字じゃないか？」。孔乙己(クンイーチー)はひどく上機嫌の表情をうかべて、二本の指先の長い爪でスタンドをたたきながら、うなずいて、いった「そのとおり、そのとおり！　……回の字には四つの書き方があるが、お前知っているかな？」。

私はますますうるさくなって、口をとがらして向こうに行ってしまった。孔乙己(クンイーチー)はそのとき指の爪を酒にひたして、スタンドの上に字を書こうとしていたが、私がちっとも熱心でないのを見ると、ハアーと溜息(ためいき)をついて、たいへん残念そうな表情をうかべた。

いつも、近所の子供たちが笑い声を聞いては、騒ぎを見にきて、孔乙己(クンイーチー)をとりまいた。すると彼は子供たちに茴香豆をやって食べさせる、一人に一粒ずつだ。子供たちは豆を食べてしまっても、まだ立ち去らず、皿に眼をそそいで離れない。孔乙己(クンイーチー)はうろたえて、五本の指を伸してひらき、皿を覆うて、腰を曲げていう「もうないのだ、わしにはもうないのだ」。からだを真っ直ぐに起こしてはまた豆をちょっとのぞいて、頭をふりながらいう「もうない、もうない！　もうあることのあらんや？　もうなきなり」（文語口調になる）。するとこの一群の子供たちはみなワッと笑い声をあげながら立ち去って行くのである。孔乙己(クンイーチー)はこのように人々を賑やかにしてくれたが、しかし彼がいないからといって、誰も別にどうとも思わない。

ある日のこと、それは多分、中秋の二、三日前であったが、主人はそのときボチボチ帳面の〆めをつけていたが（中秋は掛売商売の決済日にあたる）、黒板をとり下ろして、ふといった、「孔乙己(クンイーチー)は長いことこないな。まだ十九文貸しがあるのだが！」。私はそれでやっと彼が確かに長いことあらわれぬことに気がついた。飲みにきていた一人の男がいった「どうして来られるはずがあろう？　……あいつは向脛(むこうずね)を打ち折られたんだよ」。主人がいった

「ホオ！」。「あいつはやっぱり盗んだんだ。今度は、気の利かねえことをやって、丁挙(テンきょ)人旦那(じんだんな)（挙人は文官試験に及第したエライ人、身分的に上層の人）の家のものに手をつけたんだ、あの家のものなど、盗んだりすることのできるものかい」。「それでどうなった？」。「どうなったかって？　まず謝罪状を書いてさ、それから打たれた、夜どおし打たれて、そのうえ打たれて向脛を折られたんだ」。「それから？」。「それから向脛を打ち折られたんだよ」。「打ち折られてどうなった？」。「どうなったかって？……誰が知るものか、多分死んだのだろう」。主人はもうたずねもせず、相変わらずゆっくりと帳面の〆めを計算した。

中秋がすぎてから、秋風は一日一日と冷やかになり、やがてもう初冬も近くなった。私は毎日毎日火のそばに倚っかかっていたが、それでも綿入れの着物を着なければならなかった。ある日の午後のこと、一人の客もないし、私はちょうど眼をつぶったまま、うとうととして腰を下ろしていた。ふと、「一杯温めてくれ」という声が聞こえた。その声はたいへん低い声であったが、しかしよく聞きなれた声であった。見ると全然、誰もいない。立ち上がって表のほうをのぞいた。するとあの孔乙己(クンイーチー)がスタンドの下に、閾(しきい)に向かって坐(すわ)っていた。彼の顔は黒くて痩(や)せこけ、もう影がなかった。破れた袷(あわせ)を着て、両脚をあぐらに組み、その下には蓆(むしろ)を敷いて、それを藁縄(わらなわ)で肩に吊(つる)している。私を見ると、またいった「一杯温めてくれ」。主人が首をつき出すとともに、「孔乙己(クンイーチー)か？　お前まだ十九文貸しが残っているぜ！」といった。孔乙己(クンイーチー)はたいへんしょげたように顔をあお向けにして答えた「それは……この次に払うよ。今日は現金だ、酒は上等のやつをくれ」。主人はやっぱりいつもの調子で、笑いながら彼にいった「孔乙己（クンイーチー）、お前また何か盗んだのだな！」。だが彼は今度はあまり弁解もせずに、ただひとこと「からかわないでくれ！」といった。「からかうって？　盗みをしなかったら、どうして向脛を打ち折られることがあるものか！」。孔乙己（クンイーチー）は低い声でいった「ころげて折れた、ころげて、ころげて……」。彼の眼の色は、主人にもういってくれるなと懇願しているようであった。そのときもう数人の者が集まっていたが、主人といっしょにみな笑った。私は酒を温めて、持って出て、閾の上においた。彼は破れたかくしから四文の銅銭をさぐり出して、私の手の中においたが、見ると彼の手は泥だらけであった、彼はこの手で匍（は）ってきたのである。まもなく、彼は酒を飲み終えると、またその場の人たちの、からかい笑う声の中を、いざりながらその手を使ってのそりのそりと立ち去った。

それ以来、また長いあいだ孔乙己（クンイーチー）を見かけなかった。大晦日（おおみそか）がきて、主人は黒板をとり下ろしていった「孔乙己（クンイーチー）はまだ十九文貸しが残っているな！」。翌年の端午の節季（この時も掛売商売の決済日にあたる）がきて、また主人はいった「孔乙己（クンイーチー）はまだ十九文貸しが残っているな！」と。中秋になるとだがもう何もいわなかった、もう一度大晦日がきてもまだ彼を見かけなかった。

私は今日までとうとう見かけない——多分、孔乙己（クンイーチー）はきっと死んだのだろう。

（一九一九年三月）

小さな事件

私が田舎から北京（ペキン）の町へ出てきて、早いものでもう六年たった。その間に見たり聞いたりしたいわゆる国家の大事は、数えあげればいろいろと多い。だが私の心のうちには、どれもあまり痕跡（こんせき）をとどめていない。もし私に、これらの事件の影響を探し出せというならば、それはただ私の悪い性癖を増大させただけのことである、——本当のことをいえば、私に日増しに人間不信をつのらせた。

だがある一つの小さな事件は、私には意義あるものであった。私を悪い性癖から引きはなしてくれ、今日に至るまで忘れ得ないものになっている。

民国六年（一九一七年）の冬であったが、ひどい北風が吹きすさんでいた。私は生活のために、朝早く出かけなければならなかった。途中ほとんど人には会わなかった。やっとのことで一台の人力車を見つけて、S門まで乗せて行ってくれるようにいった。まもなく、北風は少し静かになり、路（みち）に舞いあがっていたホコリは吹きはらわれてきれいになり、真っ白な大道だけがひと筋はっきりと残っていた。車夫も一段と速く走った。そしてもうS門の近くまできたとき、突然、車の梶棒(かじぼう)に一人の人間がはねとばされて、よたよたと倒れた。

倒れたのは女で、白髪まじりの頭で、着物はボロボロだった。彼女は大道の隅のほうから急に車の前に飛び出して横切ったのだ。車夫はそのとき早く車をよけたが、彼女のボロ綿入れの袖無(そでなし)にはボタンがかけてなく、微風にあおられて、外側にはだかり、そのためにとうとう梶棒をひっかけたのだ。幸い車夫は少し早目に足をとめたからよかったが、そうでなかったら彼女はきっともんどり打って倒れ、頭を怪我して血を流したにちがいない。

彼女は地上にうつ伏せになっていた。車夫はすぐその場に立ち止まった。私はこの婆(ばあ)さんは何も怪我はしていないし、また誰も見ているものもないことを思い、車夫のお節介が不快だった。こちらから面倒ないざこざを引き起こしたりすれば、私は暇取るばかりだ。

私は彼に向かっていった、「何でもないよ。さっさと行ったらいい！」

車夫は一向それにはかまいつけず、——あるいは聞こえなかったかもしれないが、——車をほうり出したまま、その老婆に手をかして、ゆっくりと起こしてやり、その腕を抱きかかえてちゃんと立ち上がらせ、彼女にたずねた、

「お前さんどうしたのかね？」

「引き倒されて怪我をした」

私は思った、現にこの老婆がよたよたと倒れたのを私は見た、どうして引き倒されて怪我することがあろうか、わざとそんな真似をしただけだ、まったく憎たらしい。車夫のお節介も、まるで自分からいざこざを求めるというものだ、こうなったら自分で始末をつけるがいいと思った。

車夫はこの老婆の言葉を聞くと、少しのためらいもなく、そのまま彼女の腕を抱きかかえて、ゆっくりゆっくり前方へ歩いて行く。私は不思議な気がして、あわてて前方を見ると、そこは巡査の派出所である。大風が吹いたあとのことで、あたりには人影もない。この車夫はその老婆を支えながら、いま派出所の前へ行くところであった。

私はそのとき突然、一種異様な感覚を感じた。彼の全身ホコリまみれの後ろ姿が、一瞬にして大きく堂々たるものに思われたのだ。しかもそれは次第に向こうに行くにつれて大きなものになり、仰ぎ見なければ見ることもできなかった。そのうえ、彼は私にとって、次第にまたほとんど一種の威圧に変わって行き、私の毛皮の上着の下にかくされている「小っぽけさ」を締め出しさえするほどであった。

私の気力はこのとき多分、くじけてしまったのだろう、坐わったまま動くこともならず、また考えることもできず、そのまま派出所の中から一人の巡査が出てくるのを見て、やっと車を下りた。

巡査は私のそばにやってきていった、「あなたは自分で車を頼みなさい、あの車夫はもうあなたを乗せては行かないのです」

私は何を考えるひまもなく、外套のポケットからひとつかみの銅銭を取り出して、巡査に渡して、いった、「どうかこれをあの車夫にやってください……」

風はすっかりおさまって、路もひっそりと静かだった。私は歩きながら、こう思った。私自身について考えてみるのを、どうも怕れているのではないかと。前のことはまず差しおくとして、このひとつかみの銅銭は、これはどういう意味であるのか？　彼を奨励したのであるか？　とすれば私に車夫をとやかく取りさばくことができるのか？　私は自分自身に答えるすべもなかった。

このことは現在になっても、まだときどき思い出す。私はそのためにときどき苦痛に耐えられず、努力して私自身について考えてみようとする。数年来の国家の政治向きのことは、私にはもう子供のとき読んだ「子曰く、詩に言う」（中国の古典をさす）と同じように、半句も暗んじることができない。ただこの一つの小さな事件だけは、どうしても私の眼の前にうかび、時としてはひときわハッキリした形になって、私を羞じ入らせ、私に自分を改めるよう催促し、そして勇気と希望を増してくれる。

（一九二〇年七月）

故郷

私は厳しい寒さを冒して、二千余里（中国の一里は日本の約六分の一）も隔った、別れて二十何年になる故郷に帰った。

時はもう冬の最中だ、だんだん故郷に近づくにつれて、空模様は暗く曇ってきて、冷い風が船艙に吹き込み、ウーウーと鳴る。篷の隙間から外をながめると、蒼く黄ばんだ空の下に、遠く近くいくつもさびしそうな寒村が横たわっていて、一点の活気もない。私の心は悲しく、うそ寒くなってくるのを禁じ得なかった。あ！　これが私の二十年この方、いつも思い出した故郷であろうか？

私の覚えている故郷はまったくこんなものではなかった。私の故郷はもっとよかった。だが私はその美しいところを思い起こし、そのよいところをいい出そうとすると、どうもハッキリした影像はつかめず、言葉がないのである。何となくこんなところだという気もする。そこで私は自分で解釈した、故郷とは元来こんなものなのだ、――進歩がないといっても、必ずしも私の感じるような悲しい、うそ寒いものではなく、それはただ私自身の心情の変化にすぎないのだと。というのが私の今度の帰郷は、もともと何もいい気持ちのものではないのだから。

私は今度、本当は故郷に別れるために帰ってきたのである。多年私たち同族がいっしょに住んでいた古い家屋を、もうみんなで別の姓の者に売ってしまったが、その家屋明け渡しの期限が本年中になっていた。それで正月元日の前に駆けつけて、親しみ馴染(なじ)んだ老屋に永の別れをつげ、そしてまた親しみ馴染んだ故郷を遠く離れて、私の生活している異郷の地に引っ越さねばならなかったのである。

翌(あく)る日の朝早く私はわが家の門口についた。屋根瓦(やねがわら)の合わせ目にはおびただしい枯草の茎の切れ端が風に当たってふるえていた。それはちょうどこの老屋が主人を取りかえねばならない原因を説明しているものであった。いく部屋もの親戚(しんせき)たちは多分もう引っ越して行ったのだろう、だからたいへんひっそりとしていた。私が自分の部屋の外までくると、母親はもう迎えに出てきた。つづいて八歳になる甥(おい)の宏児(ホンル)が飛び出してきた。

私の母はたいへんよろこんだ。だがまた多くの悲しい気持ちをうちにこめて、私をかけさせ、休ませ、茶を飲ませてくれて、そして引っ越しのことは言い出さなかった。宏児(ホンル)は私を見たことがないので、遠くからこちらを向いて立ちながら、じっと見ていた。

だが私たちはとうとう引っ越しのことについて話をはじめた。私は引っ越し先の家はもう借りてあること、またいくつかの家具は買ったが、そのほかいま家にある器具類をみんな売り払って、もっと増やさねばならないことを話した。母はそれでいい、そして荷物もだいたいもうまとめておいたし、器具類の運送に不便なものも半分近くは売り払ったのだが、ただ代金がもらえないでいるといった。

「お前が一両日休んでから、一族親類に挨拶廻りを済ませたら、私たちはもう出立できますよ」

と母はいった。

「ええ」

「それから閏土ですが、あの人は私の家にくるたびに、いつもお前のことをたずねます。お前に一度会いたいようです。わたしはお前がここへ着くだいたいの日取りをあの人に通知しておきました、あの人はすぐくるでしょう」

その時、私の頭の中にはたちまち一枚の神秘な絵図がひらめいてきた。深い藍色の空にかかった一輪の黄金色のまんまるい月、下のほうは海辺の砂浜で、そこには見わたす限り果てしない碧緑の西瓜、その間に一人の十一、二歳の少年がいる、首には銀の輪をかけ、手には一本の刺叉を握り、一匹の猹（西瓜を食いにくる獣の名だが、実は想像上の動物）に向かって懸命に突き刺す、その猹は身をかわして、反対に彼の胯の下をくぐって逃げる。

この少年が閏土である。私が彼を知ったのは、まだ十何歳かにすぎなくて、いまを去ることほとんど三十年にもなるだろう。その時、私の父はまだ生きていて、家況もよく、私はまるで坊ちゃんであった。その年、私の家は大祭（一族の先祖のお祭りをする）の当番になっていた。

このお祭りは、三十何年かに一回廻ってくるということであったが、それだからたいへん鄭重であった。正月のうちに先祖の画像をかけ、お供えの品数は多く、祭器は見事で、拝む人も多かったが、祭器は盗まれぬように気をつけねばならなかった。私の家にはただ一人の忙月（私たちの地方では手伝い仕事をする者には三種類あった。一年中一定の家で仕事をするものを長年といい、その日その日で仕事をするものを短工といい、自分でも百姓仕事をしながらただ年越しや節季および小作米を受け入れるときにだけ一定の家にきて仕事を手伝うものを忙月といった）がいるだけであったから、忙しくって手がまわらなかった。すると彼は私の父に、彼の子供の閏土に祭器の番をさせてもいいかといった。

私の父はそれを承諾した。私はたいへんうれしかった。というのが私は早くから閏土という名前をきいていたし、また彼が私と同じくらいの年輩で、閏の年に生まれて、五行の土を欠くので、彼の父親が閏土という名をつけたということを知っていたから。彼は上手にワナを仕掛けて小鳥をとることができた。

私はそれで毎日、新年になるのが待ちどおしかった。新年になったら、閏土もくるのだ。やっと年末になったある日、母は私に、閏土がきたことを知らせた。私は飛んで行って見た。彼はそのとき台所にいたが、紫色のまる顔で、頭には小さなフェルト帽をかぶり、首にはキラキラ光った銀の首輪をかけていた。これは彼の父がとても彼を可愛がって、彼の死ぬのを心配して、神仏の前で願をかけ、首輪で彼を現世につなぎ止めているのだということが知られる。彼は人を見るとたいへん恥ずかしがったが、私にだけは気をゆるして、そばに人がいないときには、私と話をした。それで半日たたないうちに、私たちは仲よしになった。

私たちはそのとき何の話をしたのか忘れたが、ただ閏土がうれしそうに、城下にきて、いままで見たこともないたくさんのものを見たといったのを覚えている。

翌る日、私は彼に鳥を捕ってくれといったら、彼がいった。

「そりゃ駄目だ、大雪がふらなきゃいけないよ。おいらの砂地に雪がふると、雪を掃きのけておいらは一か所の空地をつくる。短い棒きれを支え棒にして平ぺったい大きな竹のざるを立てかけ、そこへしいなを撒いておく、小鳥がそれを食いにきたとき、おいらが遠くのほうから棒きれに縛りつけておいた綱をひとひきしただけで、小鳥は竹ざるの下にかぶせられるのだ。小鳥なら何でもとれるぜ、稲鶏、角鶏、椋鳥、藍背、……」

私はそれでまた雪のふるのが待ちどおしかった。

閏土はまた私にいった。

「いまは寒い、おまえ夏においらのところへきなよ。おいら日のうちは海辺へ貝殻を拾いに行く、赤いのでも緑のでも何でもあるぜ、子安貝もあれば、馬刀貝もある、晩には父さんと西瓜の番に行く、おまえも行こうぜ」

「泥棒の番をするの？」

「ちがう。通りがかりの人が喉がかわいて一つくらいの西瓜をとって食うのは、おいらのところでは泥棒とはいわない。番をするのは穴熊や、針鼠や猹だ。月の照ってる畑に、ラーラーという音が聞こえる、猹が西瓜を嚙っているのだ。そこで刺叉を握って、そっと忍びよって行く……」

私はそのときこの猹というのは一体どんなものであるかを知らなかったが――いまでも知らないが――ただ何となく小犬のような形をしてたいへん凶猛なものだと思った。

「そいつは人間に咬みつかないの？」

「刺叉があるんだもの。忍びよって、猹を目がけて、刺す。あん畜生はとても利口で、逆に人間のほうに向かって走ってきて、胯の下をくぐって逃げるのだ。そいつの毛は油のようにすべっこいぜ……」

私はこれまで世の中にこれほどいろいろ珍しいことがあるとは知らなかった。海辺にはこんなにたくさん、五色の貝殻があるし、西瓜にはこんなに危険な経歴がある。私はこれまではただそれが果物屋の店で売られていることだけしか知らなかったのだ。

「おいらの砂浜では、潮がさしてくるときは、いろんなとび魚が飛ぶんだよ、青蛙のように二つの脚があって……」

あ！　閏土の心の中には果てしなく限りない珍しいことがあって、それはみんな私がいつも遊ぶ友だちの知っていないことである。彼らは何一つ知ってはいない。閏土が海辺にいるとき、彼らは私と同じようにただ中庭の内で高い壁の上の四角な天を見ているだけだ。

残念なことに正月がすぎてしまって、閏土は家へ帰らねばならなくなった。私は気が気でなくとても泣いた。彼も台所の中にかくれて、泣いていて外へ出ようとしなかった。だがとうとう彼の父親につれられて帰って行った。彼はその後も彼の父親にことづけて私にひと包みの貝殻と数本のたいへんきれいな鳥の羽根を送ってくれたし、私も彼に一、二度、品物を送ったことがある。だがそれ以来、再び顔を合わせることがなかった。

いま母から彼の話を聞くと、私のこの子供の時の記憶が、突然そっくり稲妻の閃くように蘇ってきて、私の美しい故郷を見出したように思った。私はおうむ返しにいった。

「そりゃありがたい！　あの人は、……どんなふうですか？」

「あれかい！　……あれはさっぱり暮らしのほうが不如意で……」と母はいいながら、部屋の外のほうを見て、「あの人たちがまたきたよ。器具類を買うのだといって、ついでにごまかして持って行く、わたしは見張っていなくちゃ」

母は立ち上がって、出て行った。門の外には数人の女の声がする。私は宏児にこっちへくるように呼んで、彼とむだ話をした。字が書けるのかときいてみたが、しかし彼は家から出ることをうれしがっていた。

「僕たちは汽車に乗って行くの？」

「汽車に乗って行くよ」

「船は？」

「最初は船だ、……」

「ハア！ お立派におなりだ！ 鬚(ひげ)もこんなに伸ばして！」と一種の鋭いキイキイ声が突然、大きくひびいた。

私は吃驚(びっくり)して、いきなり顔をあげた。すると顴骨(かんこつ)の尖(とが)った、唇の薄い、五十がらみの女が私の眼の前に立っていた。両手を腰骨のあたりに支えて、下袴(したばかま)もはかないで、両脚をまるで図画用器の細長い脚のコンパスのようにふん張っていた。

私はまったく驚いてしまった。

「わかりませんか？ わたしはあなたを抱っこしたこともあるのに！」

私はますます驚いてしまった。幸にして母がやってきて、そばからいってくれた、

「この子は長いこと外に出ていて、すっかり忘れたんですよ。お前、覚えているだろう」と私に向かっていった、「これは筋向かいの楊二嫂(ヤンアルサオ)さんです、……豆腐屋をしている」

なるほど、私は覚えている。私の子供のとき、筋向かいの豆腐屋には確かに一日中坐(すわ)っている楊二嫂(ヤンアルサオ)という女がいた。人はみな彼女のことを「豆腐屋小町」といった。だが白粉(おしろい)をつけていたし、顴骨もこんなに高くはなく、唇もこんなに薄くはなかった。それに一日中坐っていて、私もこんなコンパス式の姿勢を見たことがなかったのだ。そのころ、人は彼女のために、この豆腐屋の商売はたいへん繁昌(はんじょう)しているといっていた。だがこれは多分年齢の関係からだと思うが、私はいささかの感化もうけなかった。だから完全に忘れてしまっていたのである。ところがコンパスはたいへんな不平で、軽蔑(けいべつ)するよ

うな顔色を露骨に示した。まるでフランス人がナポレオンを知らず、アメリカ人がワシントンを知らないのをあざ笑うかのように、冷やかに笑っていった、

「お忘れになった？　エライお方は眼が高くていらっしゃるものだから……」

「そんなことが……僕は……」と私は恐縮しながら、立ち上がっていった。

「では、私はあなたに申しあげます。迅ちゃん、あなたはエラクおなりだし、引っ越しというものは厄介ではあるし、こんなボロボロの器具類はいらないでしょうから、わたしに持って行かしてくださいよ。わたしたちのような貧乏人には、役に立ちますから」

「僕はエラクなんかないですよ。僕はこれらのものを売って、また買いなおさねば……」

「あんなことを、あなたは道台(地方の大官)になって、まだエラクないというのですか？　あなたはいま三人のお妾さんをおもちだし、外に出るときは八人担ぎの大きな轎にのっていて、それでもエラクないとおっしゃるのですか？　ふん、何だってわたしを瞞すことはできないんだから」

　私は何もいうべき言葉がないのを知って、口をつぐみ、黙々として立っていた。

「アア、アア、まったくお金が余計にあればあるほど、一銭でも出し惜しみをしなさる、一銭でも出し惜しみをしなさるから、余計にお金はたまる……」とコンパスはプリプリして後ろ向きになり、くどくどと小言をいい、のろくさと帰って行ったが、そのついでに私の母の手袋を腰のところにねじ込んで、出て行った。

　そのあとでまた近所の同族と親戚が私を訪ねてきた。私は一方で応対しながら、ひま

を見ては荷物を取り片づける、このようにして三、四日はすぎた。

ある日、よく冷える午(ひる)すぎであったが、私は昼飯を食べ終わって、坐ったままお茶を飲んでいると、外から誰かが入ってくる気配がしたので、ふりかえって見た。見た瞬間、思わず吃驚(びっくり)して、あわてて立ち上がり、その人を迎えて歩みよった。

この来客は閏土(ルントウ)であった。私は一見して閏土(ルントウ)だとわかったのだが、しかしそれは私の記憶の中にある閏土(ルントウ)ではなかった。彼の身体は二倍に増えていたが、以前の紫色の丸顔は、もう灰黄色に変わり、そのうえたいへん深い皺(しわ)が加わっていた。眼も彼の父親と同じように、周囲が真っ赤に腫(は)れ上がっていた。それは海辺で百姓をする人は、一日中、海の風に吹かれるので、たいていこんなふうになることを私は知っていた。彼は頭にはボロボロのフェルト帽子をかぶり、身にはとても薄い綿入れを一枚着て、全身コチコチにちぢこまっていた。手には紙包みを一つと一本の長い煙管(きせる)をもっていたが、その手も私の記憶している赤いピチピチしたハチ切れそうな手ではなく、粗野で鈍重な、そしてひびのできた、まるで松の木の皮のような手であった。

私はそのときとても興奮した。だがどういっていいのかわからないので、ただこういった、

「あ！　閏土(ルントウ)さん、――いらっしゃい……」

私にはつづいていろんな話が、数珠(じゅず)のようにあとからあとからと湧き出してきそうに思われた。角鶏とか、とび魚とか、貝殻とか、猹(チャー)とか、……だがまた何かにさえぎられ

るような気がして、ただ頭の中だけを旋回して、口には出てこなかった。

彼はつっ立ったままである。顔にはうれしさとかなしみの気持ちをうかべて、唇を動かすだけで、かえって何も声に出ない。彼の態度はやがてつつましやかになって、ハッキリといった、

「旦那さま！……」

私は寒気のするような気持ちになった。私はわれわれの間はもう何か悲しむべき厚い壁によって隔てられていることを知った。私は何もいえなかった。

彼はうしろを振りかえっていった、「水生や、旦那さまにお叩頭をしな」。そして背ろにちぢこまっている子供を引っぱり出した。それはちょうど二十年前の閏土である。ただ少し黄色く痩せていて、首には銀の輪がかかっていないだけだ。

「これは五番目の息子です。人さまの前に出たことがないもので、おどおどしまして……」

母と宏児が二階から下りてきた。彼らもきっと閏土の声を聞きつけたのだろう。

「御隠居さま、お手紙はとっくにいただきました。私はほんとうにとてもたいへんよろこびました。旦那さまがお帰りになったと聞きまして……」と閏土はいった。

「ああ、お前さんどうしてそんなに他人行儀になるのです、お前さんたち以前には兄弟のようなつき合いをしたんじゃありませんか、やっぱり昔のように、迅ちゃんといったら」と母はうれしそうにいった。

「ああ、御隠居さまはほんとうに……そんなことがどうしていえましょう。あのころは子供で、何もわからなかったものですから……」と閏土はいって、また水生を前に出して挨拶させようとした。その子供はだが恥ずかしがって、しっかりと彼の背ろにしがみついている。

「これが水生かい？　五番目の？　知らない人ばかりだから、恥ずかしがるのも無理はない。それよりか宏児や、水生とあちらへ行って遊んであげなさい」と母はいった。

宏児はその言葉を聞くと、水生を招んだ。水生は安心してうれしそうに彼について出て行った。母は閏土にかけるようにいった。彼はしばらくぐずぐずしてから、やがて腰を下ろし、長い煙管を卓のそばに立てかけ、紙包みを手渡して、いった、

「冬は何も差しあげるものがございません。この少しばかりの乾した青豆は自分のところで乾したもので、旦那さまに召しあがっていただこうと……」

私は彼の暮らしむきについてたずねた。彼は頭をふるばかりである。

「とても苦しゅうございます。六番目の子供まで手伝いさせておりますが、それでもどうも十分には食べられないのでございます……また世の中も騒がしくありますし……どの方向にも金がかかりまして、ちゃんとした決まりというものがありませんし……収穫もよくありません。作ったものを担いで売りに行きますと、いつもあちこちで税金を取られまして、損をするのですが、売らなければ、また腐ってしまうばかりで……」

彼はただ頭をふるだけである。顔には多くの皺が刻みこまれているが、まったく動か

ずまるで石像のようである。彼は多分、苦しさを感じるだけで、それを形容できないでいるのだろう。しばらく沈黙していて、煙管をとりあげると黙々として煙草を吸った。母が彼から聞いてわかったのだが、彼は家の仕事が忙しくて、明日は帰らねばならないという。また、まだ昼飯も食べていないというので、自分で台所へ行って焼飯をつくって食うように母はいった。

彼は部屋を出て行った。母と私とは彼の暮らしについて嘆息した。多子、饑饉(ききん)、悪税、戦争、匪賊(ひぞく)、官僚、地方のボス、これらが彼を苦しめて木偶人(でくのぼう)のようにしているのだ。母は私にいった、およそ運搬しないでいいようなものは、すべて残らず彼にやろう、彼が自分で何でも選んで持って行くのにまかせようと。

午すぎ、彼はいくらかの品物を選んだ。二つの長卓(ながづくえ)、四つの椅子(いす)、一揃(ひとそろい)の香炉(こうろ)と燭台(しょくだい)、一本のかつぎ斤量である。彼はまた全部の藁灰(わらばい)をくれといった(私たちのところでは飯を炊くには稲の藁を燃やす、その灰は砂地の肥料になる)、私たちが出発する日にきて、彼は舟で運んで行くという。

夜になって、私たちはまた雑談をしたが、それは別に重要な話ではなく、翌日の朝早く、彼は水生(シュイション)をつれて帰って行った。

それから九日たった。私たちの出発の日である。閏土(ルントウ)は朝早くやってきたが、水生(シュイション)はつれてこないで、五歳の女の子をつれてきて舟の番をさせた。私たちは一日中たいへん忙しくて、もう雑談をする暇もなかった。来客も多く、見送り客もあるし、品ものを持って行くものもあり、見送りを兼ねて品ものを持って行くものもあった。夕方、私たちの乗船のころになると、この老屋にあったあらゆる大小とりどりの古びたボロの品ものは、もうすっからかんになってしまった。

私たちの船は進んだ。両岸の青い山々は黄昏(たそがれ)の中で、すっかり青黒い色に装いされ、つぎつぎに船の後ろへ消えて行った。

宏児(ホンル)と私とは船の窓によりかかって、いっしょに外の薄くかすむ風景をながめていたが、彼はふとたずねた。

「伯父(おじ)さん！　私たちはいつ帰ってくるの？」

「帰ってくる？　まだ行きもしないのにどうして帰ってくることをお前は考えるのだ」

「だけど、水生(シュイション)の家に遊びに行くことを約束したんだもの……」と彼は大きな黒い眼を見張って、ボンヤリと考えこんでいる。

私と母とは何となくうら悲しい気持ちであった、そしてまた閏土(ルントウ)の話が出た。母はいった、あの豆腐屋小町の楊二嫂(ヤンアルサオ)は、私の家が引っ越し荷物をとりまとめるようになってからというもの、毎日必ずやってきたが、一昨日彼女は灰の山の中から、十いくつもの茶碗(ちゃわん)や皿を掘り出した、議論の末に、これは閏土(ルントウ)が埋めておいたもので、彼は灰を運ぶとき、いっしょに家へ運んで帰ろうとしたのだろうということに話は落ちついたと。楊(ヤン)二嫂(アルサオ)はこの事件を発見すると、自分でたいへん手柄をほこり、そして犬殺し（これはわれわれの地方で、鶏を飼う器具で、木の板の上に柵(さく)をつくりつけて、中に食べものを入れておく、鶏は首を伸して中の食べものをつついて食うことはできるが、犬はできない、ただ見てじれるばかりだ）をつかむと、飛ぶように走って帰った。彼女はあんなに高い底を入れた鞋をはいた小さな足であるのに、よくあんなに速く走れたものだと母はいった。

　老屋は私からだんだん遠く離れて行った。故郷の山や水もみな私からだんだん遠く離れて行った。だが私はどんな名残り惜しさも感じはしなかった。私はただ私のぐるりに見えない高い壁があって、私を取りまいて孤独にし、私をとてもやり場のない気持ちにしているように思えた。あの西瓜畑の銀の首輪をかけた小さな英雄の影像は、私にはとてもハッキリしていたのだが、今では急にボンヤリしたものになってしまった。それがまた私をたいへん悲しませた。

　母と宏児は眠ってしまった。

　私は身を横たえながら、船底のザアザアという水の音を聞いて、われはわが路を行っているのだということを知った。私は思った、自分はついに閏土とこれほどまでに隔たってしまった、だが自分たちの後輩はやっぱり一つにつながって、宏児はいま水生のことを考えているのではないかと。私は彼らが再び私のように、お互いに隔たりができないことを希望する……だが私はまた彼らがつながりをもつのだといっても、みな私のように苦しい輾転とした生活であることを願わないし、また彼らがみな閏土のような苦しいすり切れた生活であることも願わない。またみなほかの人のように苦しみと気ままの生活であることも願わないのである。彼らには新しい生活がなければならない、それもわれわれのまだ経験したこともない生活が。

私は希望ということを考えてみて、ふと怕（おそ）ろしくなってきた。閏土（ルントウ）が香炉と燭台（しょくだい）をほしがったとき、私は心ひそかに彼を笑い、彼はいつも偶像を崇拝していて、いかなる時もそれが忘れられないでいると思った。いま私のいわゆる希望とは、やはり私自身の手で製作した偶像ではないのか！ ただ閏土（ルントウ）の願いは近く切実であり、私の願いは遠く漠然としているだけのことではないか。

ぼんやりした気持ちになっている私の眼の前に、ひときわ海辺の碧緑色の砂地が展開してきた。上空の深い藍色（あいいろ）の天には一輪の黄金色の円い月がかかっていた。私は思った、希望というものはもともと、いわゆる有（ゆう）ともいえないし、いわゆる無ともいえないのだと。それはちょうど地上の路のようなものだ、実際は地上にはもともと、路というものはなかったのを、歩く人が多くなって、そこが路になったのである。

（一九二一年一月）

阿Q正伝

第一章　序

私が阿Q（あ）のための正伝（せいでん）を書こうと思ったのは、もう一年や二年のことではない。だが書こうとは思いながらも、一方ではあれやこれやと考えにふけるのである。このことは私が「後世に伝わるべき言論を樹立する」といった人間ではないことを証明するに十分である。なぜというに従来の例では、不朽の文章こそが、不朽の人間を伝えることができ、かくして人間は文章によって伝えられ、文章は人間によって伝えられるのであるから——一体、誰が誰によって伝えられるのだと考えると、だんだんどうもあやしくなってきて、そして、結局、阿Qを伝えるためだということに到達すると、何だか気持ちが変てこになってくるのである。

それはそれとしてこの一篇の速朽の文章を書こうとして、筆をとった途端に、たいへんな困難にぶつかった。第一には文章の題目である。孔子（こうし）はいった「名（な）、正しからざれば言（ことば）、順ならず」と。このことはもとよりきわめて重要なことである。伝というものの名づけ方は複雑をきわめていて、列伝、自伝、内伝、外伝、別伝、家伝、小伝、……などとある、だが残念なことにどれも適当しない。「列伝」としたら、といってもこの一篇は決して多くのエライ人といっしょに「正史」（正統な歴史書）の中に入れられるというしろものではない。「自伝」としたら、といっても私はまた決して阿Q自身ではないのである。「外伝」としたら、といっても「内伝」はどこにもないわけだ。もし「内伝」というのを用いるとしても、阿Qは決して仙人ではない（仙人の伝記によく「内伝」とつける）。「別伝」はというに、阿Qは大総統のお声がかりで国史編纂館に命じて「本伝」をつくってもらったというようなことはない――英国の正史には「博徒列伝」というものはないのだが、文豪ディッケンズは『博徒別伝』という書物を書いた。だがこれは文豪にしてはじめてできることで、われらごときものにできることではない（『博徒別伝』はコナン・ドイルの Rodney Stone の、林紓による中国訳名、ただし魯迅が思い違いをして、ここではディッケンズとした）。その次には「家伝」であるが、私は阿Qと同族であるのかどうか知らないけれども、しかし彼の子孫から依頼をうけたというようなことはない。あるいは「小伝」とするにしても、阿Qにはなお別に「大伝」はないのである。これを要するに、この一篇はやっぱり「本伝」ということになるが、しかし私の文章から考えて、文体が下品で「車を引っぱって味噌を売り歩く手あい」の使用する言葉（当時、口語体の文章を悪罵して文語体の文章を上等なものとする一派がそういった）であるから、あえて思い上がったいい方をしないことにして、昔からちゃんとした学問家の仲間入りもできないところの小説家のいう「閑話はさておき、話は正伝にもどりまして」という決まり文句から「正伝」の二字を取って、題目とする。たとえ昔の人の著わした『書法正伝』の「正伝」という字面とまぎらわしいとしても、仕方がないとしよう。

第二に、伝記を書く普通の例として、たいてい最初に「某、字は某、某地の人なり」というように書く、ところが私は阿Qの姓は何というのかを知らないのである。ある時、彼は趙という姓であるように思われた、だが翌日になるとそれもアヤしくなってしまった。それは趙大旦那の息子が秀才の試験（文官になる第一階梯の試験）にパスしたときで、銅鑼をグヮングヮンと鳴らして村へその報せがきたが、阿Qはそのとき二杯の老酒をひっかけ、手の舞い足の踏むところを知らずといった恰好で、これは彼にとってもたいへんな光栄である、なぜならば彼と趙大旦那とはもともとが親類筋で、こまかく計算すると彼は秀才よりは三世代の先輩だといったものだ。そのときそばで聞いていた人たちは、とにかくシュンとなって阿Qを尊敬する気持ちになった。ところがその翌日になると、隣保の世話役は阿Qに趙大旦那のところへ行こうといった。大旦那は阿Qの姿を一見すると、満面に朱をそそいで怒鳴りつけたのである、

「阿Q、この間抜け野郎！　お前はわしをお前と親類だといったのか？」

阿Qは黙っていた。

趙大旦那は怒り出してしまい、二、三歩詰め寄っていった、

「お前でたらめなことをいうな！　わしがどうしてお前のようなものと親類であるはずがあろう！　お前は趙という姓なのか？」

阿Qは黙ったまま、その場をずらかろうとした。趙大旦那は踏みこんできて、彼に一つ平手打ちをくらわした。

「お前がどうして趙の姓であるはずがあろう！　お前なんか、趙の姓に入る資格なんかあるものか！」

阿Qは彼が本当に趙という姓であるといい立てもせず、ただ打たれた左の頬っぺたを手でさすりながら、隣保の世話役といっしょに出て行った。外へ出るとまたもういっぺん世話役から訓戒をうけて叱られ、二百文の酒手を世話役に出して謝った。その話を聞いた人たちは、みんな阿Qはあまりに間抜けだ、自分から殴られに行ったようなものだといった。彼は多分、趙という姓ではないのだろう、たとえ本当に趙という姓であるにしても、趙大旦那がこの土地にいる以上は、そのようなヘマなことをいってはいけないのである。それからあとは誰も彼の氏族についていう者はもういない、だから私は結局、阿Qが何という姓であるかを知らないのである。

第三に、私はまた阿Qの名前をどう書くかを知らない。彼が生きていたとき、人はみな彼を阿 Quei と呼んだが、死んでからは、誰一人もう阿 Quei を口にする者はいないのだし、まして「これを竹帛に著わす」というようなことのあろうはずもない。もし「これを竹帛に著わす」ということになると、この一篇の文章をその最初のものとしてあげなければならない、そこでさしずめこの第一の難関に遭遇するわけである。私はいつか細かく考えてみたことがある、阿 Quei は、阿桂なのかまた阿貴なのかと。もし彼の号を月亭(ユエティン)というか、あるいは八月に誕生日を祝ったとすれば、それならきっと阿桂である。ところが彼ははじめから号などもっていないし――ひょっとしたら号をもっていても、ただ誰もそれを知らなかったのかもしれない――また名士先生のように誕生日の記念帖(ちょう)（これに知人からよろこびの詩や句を書いてもらう）をくばるようなことをしたこともない、阿桂と書くのは、独断的である。またもし彼に令兄あるいは令弟があって、その人を阿富(フー)といったのであれば、それはきっと阿貴であったはずである。だが彼は一人ぼっちの男であった、阿貴と書くというのも、証拠になるものがない。そのほかの Quei と発音するむずかしい文字は、いっそう適当しないのである。以前いつか、私も趙(チャオ)大旦那の息子の茂才(マオツァイ)先生にそれについてたずねたことがあるが、意外なことにこの人ほどの物知りでも、結局はわからずじまいであった。ただしその結論によると、陳独秀(チエントーシウ)が「新青年」（雑誌の名）をやり出して西洋文字を宣伝したために、国粋がほろびて、しらべる手段がなくなったということであった。私の最後の手段としては、ある同郷人に頼んで阿Qの犯罪調書をしらべてもらうことしかなかったが、八か月後にやっと返事があって、調書には阿 Quei という発音に類似したものはいないというのであった。本当になかったのか、あるいはまた査(しら)べなかったのか、私にはわからないのだけれども、しかしもうほかに方法はなかったのである。おそらく注音字母（中国の発音記号）はまだ一般に行われていないだろうから、やむを得ず「西洋文字」をつかって、英国流の綴字(ていじ)法で彼を阿 Quei と書き、略して阿Qとする。これは「新青年」に盲従するもののようで、自分でもたいへんあきたりないのだが、しかし茂才先生にしてなおかつ知らないものを、私にどんなよい方法があろうか。
第四には、阿Qの出身地である。もし彼の姓が趙であるならば、今日、地方名家と称するものがよくするように、『郡名百家姓』という書物の注解に照らしあわせて、「隴西、天水の人なり」ということができる。しかし残念なことにこの姓なるものがあまりアテにならないものであるから、そこで出身地もいささか決めかねる。彼はたいてい未荘に住んでいたのだけれども、しかしまたよくほかの土地にも寝起きしたし、未荘の人ということはできない。「未荘の人なり」といったとしても、やっぱり歴史の書き方に背くことになる。

私がいささかもって自分で安心できることは、「阿」という文字だけは非常に正確で、絶対にいい加減のこじつけという欠点はもっていないことで、これだけはその道の識者の前に持ち出すことができるのである。そのほかのことになると、すべて浅学の私には穿鑿不可能のことである。ただ希望するのは「歴史癖と考証癖」のある胡適之先生の門人たちが、将来あるいは幾多の新しい手がかりを見つけ出してくれることである。ただしそのころになると私のこの『阿Q正伝』はおそらくもう消滅してしまっているであろう。

以上を序としよう。

第二章　優勝記略

阿Qはただ姓名や出身地がどうもハッキリしなかっただけでなく、彼の以前の「行状」までもハッキリしなかった。というのは、未荘の人たちにとっての阿Qの存在は、ただ彼に仕事を手伝ってもらうことだけ、ただ彼をからかって遊ぶことだけで、これまで彼の「行状」について気をつけたものはなかったからである。そして阿Q自身もまたそれをいわなかったが、ただほかの者と喧嘩をすると、時には眼をむいてこういった、「俺ら以前には——お前なんかよりずっとエラかったんだぞ、お前なんかが何だい!」

阿Qには家がなく、未荘の土地神の祠に寝起きしていた。また固定した職業もなく、ただ他家のために臨時の日雇いになり、麦刈りなら麦を刈り、米つきなら米をつき、舟こぎなら舟をこぐ。仕事が少し長びいたりすると、彼も時には臨時の主人の家に寝起きするが、しかし仕事が終わったら出て行くのである。だから、人々は忙しいときになると、阿Qのことを思い出すが、しかし思い出すのは仕事であって、決して「行状」ではない。ひとたび閑になれば阿Q自身についてさえもう忘れてしまう。まして「行状」のことなどはいうまでもない。だがある時のこと、一人の老人が「阿Qはまったくよく働く!」とほめた。そのとき阿Qは肌脱ぎのまま、のらりくらりとして、痩せっこけた姿で、ちょうどその老人の前にいたが、ほかの人たちはこの言葉が本心から出たものか、それともからかったものか見当がつかなかったものの、阿Qにはたいへんうれしかった。

阿Qはまたたいへん自尊心がつよく、あらゆる未荘(ウエイチヨワン)の住民たちは、まるで彼の眼中になく、甚しきに至っては二人の「文童」(官吏になるための試験勉強をしている少年)に対してすら一笑にも値(あたい)しないとする気持ちをもっていた。いったい文童といえば、将来はおそらく秀才になる者(試験をパスして)である。趙大旦那(チヤオおおだんな)や銭(チエン)大旦那がたいへん住民の尊敬をうけているのは、彼らに金があるということのほかに、どちらも文童の父親であったからである。ところが阿Qは精神的に特別の尊敬を示さなかったばかりか、彼はこう考えた、俺の息子ならもっとエラクなれるんだ！　と。それに加えて彼は何度も城下の町には行ったのだし、阿Qはもちろんいっそう自負していた。けれども彼はまたたいへん城下の人を軽蔑(けいべつ)もしていた。たとえば長さ三尺、幅三寸の板でつくった腰掛けを「未荘(ウエイチヨワン)」では「長凳(チャントン)」といい、彼も「長凳」というのだが、城下の人はそれを「条凳(チャオトン)」という。彼は思うのである、こいつは間違いだ、おかしい！　と。油いための鯛(たい)には、未荘(ウエイチヨワン)では五分くらいに切った葱(ねぎ)を添えるが、城下では微塵(みじん)に刻んだ葱を添える。彼は思うのである、これも間違いだ、おかしい！　と。だが未荘(ウエイチヨワン)の者はまったく世間を知らない気の毒な田舎者であることよ、彼らは城下でする魚の揚げ料理を見たこともないのだ！

阿Qは「以前はエラい」のだし、見識は高いし、そのうえに「まったくよく働く」のだから、本当はまず一個の「完全な人間」といえるのであった。ところが惜しいことに彼の体質に少し欠点があり、一番の悩みのたねは彼の頭の皮膚に、数か所のいつから発生したともわからない癩痕(はげあと)があることであった。これは彼の身体(からだ)自体にあるものではあったけれども、しかし阿Qの考えでは、どうもあまり感心すべきものではないと思っているようであった。というのは彼が「ハゲ」または「ハゲ」に類似する一切の発音を口にすることを忌みきらったからである。あとにはそれを推しひろめて「光」も忌み、「亮」も忌むようになったが、もっとあとになると、「燈」や「燭」までもみな忌み言葉になった。ひとたびその忌み言葉を犯して口にするものがあれば、その有意識であると無意識であるとを問わず、阿Qはすべてのハゲ痕を真っ赤にして怒り出し、相手の強弱を見はからって、口下手の者には悪罵をあびせ、気の弱い者であれば殴りつけた。ところがどうしたわけか知らないが、いつも阿Qのほうがやっつけられることが多かった。そこで彼は次第に方針を変えて、たいてい目をむいて睨みつけることに改めたのである。阿Qが睨みつけ主義を採用したことを誰もが知ってからあとは、未荘の閑人たちはますます彼をからかうことに興味をもった。彼の姿を見かけると、彼らは吃驚したような顔つきをしていう、

「ホウ、亮くなってきたな」

阿Qはいつものように怒り出し、睨みつけるのだ。

「なんだ吊りランプがここにあったのか！」

そういって彼らは決して恐れはしない。

阿Qはやむを得ず、別に仕返しの言葉を考え出すよりほかなかった。

「貴様なんかには持てぬ……」そのとき、まるで彼の頭にあるものは一種の高尚な光栄

あるハゲ痕であるかのごとくで、決して普通のハゲ痕ではなかった。ただしそこまでをいうと、阿Qは見識があるし、すぐさま「忌み言葉を犯す」ことにどうやらふれるのを知って、もうその次の言葉はつづけなかった。

閑人たちはそれだけではすまさない、いつも彼を小突き廻わして、そして最後は殴りつける。阿Qは形式的には打ち敗かされるのである。人に辮髪をつかまれて、塀のところで四つ五つゴツンゴツンと打ちつけられて、それで閑人たちはやっと満足した気持ちで勝ち誇って、その場を去るのである。阿Qはいっとき佇んで、心の中で思う「俺はとにかく子供に殴られたのだ、いまごろの世の中はまるでなっちゃいねえ……」と、そこで彼もまた満足した気持ちで勝ち誇って、その場を去るのである。

阿Qは心の中で思ったことを、のちにはいつも口に出していうようになった。だから阿Qをからかうすべての人々は、ほとんどみな彼がこのような一種の精神的勝利法をもっていることを知った。それからというもの、彼の辮髪をつかむと、人はまず最初にこういう、

「阿Q、これは子供が親父を殴るのではないぞ、人間が畜生を殴るのだぞ。お前自身でいえ、人間が畜生を殴るのだ！　と」

阿Qは両手で自分の辮髪の根元を握りしめて、頭をゆがめながら、いうのである、

「虫けらを殴る、といったらどうだい？　俺は虫けらだ――これでも放してくれないのかい？」

だが虫けらであったところで、閑人たちは決して放しはしない。いつものようにどこか手近なところへ連れて行って五つ六つゴツンゴツンと音を立てて打っつけて、それでやっと満足した気持ちで、勝ち誇ってその場を去り、阿Qも今度こそ打ちのめされただろうと思うのである。ところが十秒もたたないうちに、阿Qもまた満足した気持ちで、勝ち誇ってその場を立ち去るのだ。彼は彼こそ自分を軽蔑し、自分を卑下することのできる第一人者だと思う。「自分を軽蔑し自分を卑下する」というのを除いていえば、その余りの部分はつまり「第一人者」ということになる。文官試験の首席も「第一人者」ではないのか？「貴様なんかがなんだい」だ！

阿Qはこんないろいろの妙法でもって怨敵を克服したあと、愉快になって居酒屋の中に駆けこんで、五、六杯の酒をひっかけるのだが、またそこでも人にからかわれ、口喧嘩をして、またしても勝ち誇って、愉快になって土地神の祠に帰ってきて、ひっくり返って眠るのである。もし銭があると、彼は賭博を打ちに出かける。ひとかたまりの人が地上にうずくまっていると、阿Qは顔じゅう汗をながしてその間に割りこむ、彼の声が一番よくとおる、

「青竜に四百はった」（青竜は銭をはる位置で、壺元に向かって右手になる）

「ほいッーー開きーーだッ」と壺元はフタをあける、やっぱり顔じゅう汗だくで唱うような調子でいう。

「天門だ（天門も銭をはる位置で、壺元の向かい側）ーー角（角も銭をはる位置で、壺元に向かって左右の隅）は戻しだッ！　人と穿堂（人は壺元に向かっ

て左側、穿堂は真ん中の位置）とは何もなしだ！……阿Qの銅銭はもらっとくーー！」

「穿堂に百——百五十はった！」

阿Qの銭はこのような唱いあげる声の下で、だんだんほかの顔じゅう汗を流している人物の胴巻の中に流れこんで行った。とうとう彼は人山のむれの外にはみ出して、後ろのほうにつっ立って、他人のために気をもむより仕方がなくなった。そのまま場がはねるまでねばってから、やっと心残りのまま土地神の祠に帰るのであったが、翌日になると、眼をはらして仕事に出る。

だがまことに世にいう「塞翁の馬」であろうか。阿Qは不幸にして一度、勝ったために、かえって彼はどうやら失敗したようだ。

それは未荘の祭礼の夜のことである。その夜は例年のように芝居がかかり、また例年のようにたくさんの賭博店が開かれた。芝居の銅鑼や太鼓は、阿Qの耳にはまるで十里も離れた遠くのもののようで、彼にはただ壺元の唱いあげる声が聞こえるだけであった。彼は勝ちに勝って、銅銭は小型銀貨に変わり、小型銀貨は大型銀貨に変わり、大型銀貨はまた高くつみ上げられた。彼は得意の絶頂にあった。

「天門に二両はった！」

誰と誰とが、どうして殴りあいをはじめたのか彼にはわからなかった。怒鳴る声、殴る音、足をふみならす音、めちゃくちゃの大騒動だったが、彼がようやく起きあがると、賭博の店は見えず、さっきまで騒いでいた人々も見えず、身体があちこちと何だか痛むように思えて、いくつかの拳骨といくつかの足蹴らしいものを食らったような気がしたが、数人の者がけげんそうに彼を見ていた。彼は何かを失したような気で土地神の祠に帰って行って、気持ちを落ちつけると、ひと山に積まれた彼の大型銀貨がなくなったことに気がついた。祭礼の賭博店に集まってくる者はたいてい他所者だ、どこへ行って事情の根本をたずねることができようか。

とっても白い、とっても光ったひと山の大型銀貨！　しかもそれは彼のものであったのに――いまはなくなったのだ！　子供に持って行かれたのだといってみたところで、どうも何だか心楽しまない。自分は虫けらである、といってみたところで、それでもやっぱり何か心楽しまない。彼は今度こそはじめて失敗の苦痛というものをいささか感じたのである。

しかし彼はたちまちに敗けを勝ちに変えてしまったのだ。彼は右の手をあげて、力をこめて自分の顔をつづけさまに平手打ちで二つ張った。熱く突き刺すような痛みを覚えた。張ってしまうと、気持ちがやわらいできて、打ったのは自分であり、打たれたほうはもう一人の自分であるような気がした。やがてまた何だか自分が別の人間を打ったような気になり――まだ熱く突き刺すような痛みはあったけれども――満足した気持ちで勝ち誇って、ごろりと横になった。

彼は眠ってしまった。

第三章　続優勝記略

さて阿Qはいつも優勝ばかりしていたのであるが、しかしそれが趙大旦那の平手打ちを食ってから、はじめて有名になった。

彼は隣保の世話役に二百文の酒手を渡し、プリプリして横になったが、あとからこう考えた、「このごろの世の中はとてもお話になったものじゃない、子供が親父を殴るのだから……」と。そこで急に趙大旦那の威風を思い出したが、しかしいまや彼は自分の子供であるのだ、すると自分でも次第に得意になってきて、起きあがって「若後家の墓参り」という芝居唄をうなりながら居酒屋へ出かけて行った。そのとき、彼にはまた趙大旦那が一段上の高等な人間に思えるのだった。

奇妙な話であるが、その事件があって以来、人々はどうやら特別に阿Qを尊敬するようになった。これは阿Qのほうとしては、彼が趙大旦那の父親だからだと思ったのかもしれないが、しかし実際はそうではない。未荘の一般のならわしとして、もし阿七が阿八（阿七、阿八ともにそこらにころがっている人間の意味）を殴ったとか、あるいは李四が張三（李四、張三も普通そこらにころがっている人間の意味である）を殴ったというようなのは、これまで何も問題になることではなかった。必ず趙大旦那のような有名人とかかわり合いがあってこそ、はじめて彼らの話題にのぼるのである。ひとたび話題にのぼったとなると、殴ったほうが有名である以上、殴られたほうもそのお蔭で有名になるのである。間違いが阿Qにあるということは、もちろんいうまでもないことだ。どうしてかといえば、それは趙大旦那のほうは間違うことなどあり得ないからである。ただ阿Qのほうに間違いがあるのに、どうして人々はまた彼を何か特別に尊敬するのであるか？　これはしかしむずかしい問題であるが、あれこれ想像してみていえることは、阿Qが趙大旦那の親類筋だといったために、殴られはしたものの、人々はいくらか本当ではあるまいかと思うところもあって、とにかく一応、尊敬しておいたほうがましだくらいのところかと思われる。そうでなかったら、やはり孔子の廟に供えられた牛と同じで、豚や羊のように同じ畜生でありながら、聖人（孔子）が箸をつけたものである以上、弟子たる儒者（孔子を信奉する学者）たちは無暗なふるまいはしないといったようなものである。

阿Qはその後、何年間も得意であった。

ある年の春のこと、彼はほろ酔い機嫌で街を歩いていると、垣根の日だまりのところで、王鬍が肌脱ぎになってしらみをとっているのを見かけた。彼はふと身体がむずがゆくなってくるのを感じた。この王鬍は、癩であって、また鬍だらけなので、人はみな彼のことを王癩鬍と呼んだが、阿Qはしかし「癩」の一字を削りとって「王鬍」と呼び、そしてとても彼を軽蔑していた。阿Qの意見では、癩は何でもないものだが、ただ顎を包む一面の鬍だけは、まったくあまりに奇怪で、見られたものではないというのである。彼はそこで王鬍のそばに並んで腰をおろした。もし別の閑人たちであったら、阿Qは遠慮もなくそばに坐るということはしなかった。だがこの王鬍のそばなんか、彼に何の気づかいがあろう。本当をいえば、彼がわざわざそこに坐ったのは、まるで王鬍を名誉づけるものであった。

阿Qも破れ袷を脱いで、しばらくひっくり返してしらみを査べた、洗濯したばかりのためか、あるいは注意力が足りないのか、長い間かかって、三、四匹とれただけである。彼が王鬍のほうを見ると、どうしたことか一匹また一匹、二匹また三匹と、ひたすら口の中にほうり込んではパチンパチンとつぶしている。

阿Qははじめは失望したが、やがては不平になってきた。軽蔑すべき王鬍さえなおあんなにたくさんとっている、自分はところがこんなに少ない。これはどんなにか体面を失う仕儀であることか！彼は一匹か二匹、大きなやつを見つけてやろうとどんなにか思った。だがついに見つからない。やっとのことで、はじめて中くらいのやつを一匹つかまえて、不平たらたらで厚い唇の中へ押し込み、懸命で咬みつぶしたが、そのパチンという音が、また王鬍の音には及ばなかった。

彼は癩痕の一つひとつを真っ赤にして、上着を地上へ投げつけ、唾をペェッと吐いて、

「この毛虫め！」

といった。

「癩犬め。お前、誰にいうのだ？」

と王鬍は軽蔑的に眼をつり上げていった。

阿Qは近ごろ比較的人の尊敬をうけて、自分でも前よりはいくらか気位が高くなって

いたが、しかしあのしょっちゅう殴られていた閑人たちに対してはやはり気おくれがしていたものの、今度だけはとても勇敢だった。このように顔じゅう鬍だらけのしろものが、あまりといえば無礼な言葉ではないか？

「お前がそうだと思えば、お前のことさ！」

と彼は立ち上がって、両手を腰のあたりに組んでいった。

「お前殴られたいのか？」

と王鬍も立ち上がり、上着を着て、いった。

阿Qは相手が逃げ出すだろうと思ったので、踏みこんで行って一拳をくらわした。その拳骨がまだ相手の身体にとどかないうち、もう相手によってねじあげられ、ぐいと引きよせられただけで、阿Qはよろよろとよろめいたが、すぐまた王鬍に辮髪をねじあげられて、垣根のところまで引っぱって行かれ、いつものようにゴッンとぶっつけられた。

「『君子は口を動かせども手を動かさず』だ！」

と阿Qは頭をゆがめたままいった。

王鬍は君子ではないらしく、聞きいれてはくれず、つづけさまに五度ゴッンゴッンと彼の頭をぶっつけて、それから力をこめて突き放し、阿Qが六尺ばかり遠くへつんのめって行ったので、やっと満足して立ち去った。

阿Qの記憶では、これはおそらく生涯において第一の屈辱事件といわねばならぬものであった。なぜなら王鬍は顎一面のひげだらけという欠点によって、これまでいつも彼から馬鹿にされるばかりで、彼を馬鹿にしたようなことはなかったし、まして腕力にうったえるということなどはいうまでもなかった。それが現在、ついに腕力にうったえるに至ったことは、甚だ意外である。まことに巷間で取沙汰されるように、皇帝が文官登用の試験制度を停止してしまい、秀才も挙人も不要なものになって、そのため趙家の威勢も薄らいできたから、そこで彼らもまた阿Qを眼中におかなくなったのではあるまいか。

阿Qはどうしたものか思案がつかぬといった恰好でつっ立っていた。

向こうのほうから一人の男がやってきた。彼の相手がまたあらわれたのである。その男は阿Qが一番イヤな人間だ。つまり銭大旦那の総領息子である。この男は前に城下へ行って毛唐学校に入ったが、どうしたことかまた日本へ行った。半年後家に帰ってきたが、脚をまっすぐに伸ばして歩き、辮髪もなくなっていた。彼の母親は十何回も泣きわめいたし、彼の女房は三回も井戸へ飛びこんだ（辮髪がないのを世間に恥じて）。その後、彼の母親はこういって廻わった。「あの辮髪は悪い人に酒に酔いつぶされて切られたのよ。もともと大官になれるところだったのに、やむを得ずいまでは髪の伸びるのを待ってまた仕事をはじめようとしているところだわ」。けれども阿Qはそれを信じようとはせず、彼のことをいつも「ニセ毛唐」といっていた。また「売国奴」ともいった。いつも彼の顔を見ると、必ず腹の中で、こっそり悪罵した。

阿Qが特に「深く悪んでこれを痛絶する」ものは、彼の一本のニセ辮髪であった。辮髪にしてニセというに至っては、人間の資格がないのに等しかった。彼の女房が井戸の中へ四回目の身投げをしないのも、立派な女性とはいえない。

この「ニセ毛唐」が近づいてきたのである。

「坊主頭、野呂間……」阿Qはこれまで、いつもただ腹の中で悪罵するだけで、口に出しはしなかったが、その時ちょうど向かっ腹が立っているところであったし、仕返しをしたいと思っているところであったし、つい思わず低い声で口に出てしまった。

ところがこの坊主頭は一本のニス塗りのステッキ――それは阿Qのいわゆる葬式棒であるが――をもって、大股にやってきた。その刹那、阿Qは多分殴られるだろうことがわかったので、急に筋骨をこわばらせ、肩肱をそびやかして待ちかまえた。果たしてパンという音がして、確かに自分の頭を殴られたようであった。

「俺あいつにいった！」

と阿Qはそばにいた一人の子供を指しながら、弁解していった。

パン！　パンパン！

阿Qの記憶では、これはおそらく生涯において第二の屈辱事件といわねばならぬものであった。幸いにしてパンパンという音を聞いたら、彼にはそれで事件は完結したかに思えて、かえって気分が軽くなったのを覚えた。そのうえ「忘却」という祖先伝来の宝物もまた効力を発揮して、彼はのそりのそりと歩いて、居酒屋の門にさしかかると、もう早や何だかうれしくなってきた。

だが向こうから静修庵の若い尼がやってきた。阿Qは普通のときでも、彼女を見かけると必ず唾をはいて悪罵したが、ましていまは屈辱の直後のことである。彼はそれでさき程からのことを思い出して、さらに敵愾心を起こしたのである。

「俺あ今日はどうしてこうも運が悪いのか合点が行かなかったが、さてはお前にお目にかかる日和だったのか！」

と彼は思った。

彼は彼女の方へ向かって行って、大声で唾を吐きかけた。

「カッ、ペェ！」

若い尼はまるで目もくれず、頭をさげてずんずん歩いた。阿Qは彼女のそばに歩きよると、突然、手を伸ばして彼女の剃り立ての頭をこすり、ニヤニヤ笑いながら、いった、

「坊主頭！　いそいで帰れ、和尚がお待ちかねだ……」

「お前さんなんで手出しなんか……」

と尼は顔じゅう真っ赤にしていいながら、大急ぎで走った。

居酒屋にいた人たちが大笑いした。阿Qは自分の手柄を賞められているのを見ると、ますます得意になってきた、

「和尚なら手出しができて、俺にゃできねいのか？」といって、彼女の頰をつねった。

居酒屋にいた人たちが大笑いした。阿Qはいっそう得意になり、さらにそれらの見物人たちを満足させるために、再び力をこめて一つつねり上げてから、やっと手を放した。

彼はこの一戦で、早くも王鬍のことを忘れ、またニセ毛唐のことも忘れ、今日の一切の「不運」に対してすっかり仇討ちをしたような気がした。しかも奇妙なことには、何だか全身がパンパン打たれたあとよりも、ずっと軽くなってきて、ふらりふらりと飛んで行くように立ち去った。

「跡継ぎなしの阿Q!」と遠くのほうから若い尼の泣きべそをかいた声が聞こえた。

「ハハハ!」と阿Qは百パーセント得意げに笑った。

「ハハハ!」と居酒屋にいた人も九十パーセントほど得意げに笑った。

第四章　恋愛の悲劇

こういった人がある、ある種の勝利者は、相手が虎のごとく、鷹のごとくであることを希望する、それでこそ彼は勝利のよろこびを感じることができるが、もし羊のごとく、雛鶏のごとくであると、彼はかえって勝利のつまらなさを感じるのだと。またある種の勝利者は、一切を征服したあとに、死ぬものは死んでしまい、降るものは降ってしまい、「臣、誠に惶れ誠に恐る、死罪、死罪」ということになり、かくて彼には敵がいなくなり、相手がいなくなり、友だちがいなくなり、ただ自分だけが一番上で、一人ぼっちで、うら悲しく、寂しく、かえって勝利の悲哀を感じるのだと。けれどもわれらの阿Qはそのような弱虫ではない、彼は永遠に得意である。このことは、あるいは中国の精神文明が全世界に冠たる一つの証拠であるからかもしれないのだ。

見よ、彼はふらりふらりと、飛んで行くように立ち去ったのである！

ところが今度の勝利は、また彼を変てこな気持ちにさせた。彼はふらりふらりと半日以上も飛び歩いて、土地神の祠（ほこら）にたどりつくと、いつもの例なら横になった途端に鼾（いびき）をかくはずである、それがどうしたわけか今夜は、なかなか眼が合わない。彼は自分の親指と人さし指とがどうもおかしいように思った。何だかいつもよりはすべっこいようだ。若い尼の顔になにかすべすべしたものがあって、それが彼の指先にくっついたのか、それとも彼の指先が若い尼の顔をこすったのですべっこくなったのだろうか？……

「跡継ぎなしの阿Q！」

阿Qの耳にはまたこの文句が聞こえてきた。彼は考えた、まったくだ、女がいなくちゃならぬ、跡継ぎがなかったら誰も一杯の飯も供えてくれる者はない、……女がいなくちゃならない。「不孝に三あり、跡継ぎなきを大となす」であるが、それに跡継ぎがないと「霊魂が飢える」というのは、やっぱり人生の大きな哀しみである。だから彼のそのような思想は、実にそっくり聖賢の書物に合致するものであった。ただ残念なことは、あとになってどうも「その放心（きまま）を収むる能（あた）わず」であったことである。

「女、女だ！」と彼は思った。

「和尚なら手出しができる……女、女だ！　……女だ！」と彼はまた思った。

その夜の阿Qがいつごろになって鼾をかいたのかわれわれは知るよしもない。だがどうやら彼はそれ以来、とにかく指先が何だかすべっこくなったと感じるようになったらしい。だから彼はそれ以来、とかくどうもふらりふらりとなって、「女……」と思う。この一端からみて、われわれは女性というものは害悪をあたえるしろものだということがわかるのである。

中国の男性は、もともとたいていの者がみな聖人賢者になれる素質をもっているのだが、残念なことにすべて女性のために台無しにされてしまうのである。商の国は妲己のために亡んだし、周の国は褒姒が破滅させたのであるし、秦のときは……歴史にハッキリしたことは書いてないけれども、われわれはそれも女性のために亡んだと仮定しても、多分まるで見当はずれとはいえないだろう。そして董卓（東漢の豪傑、献帝を立てて横暴をきわめた）は確かに貂蟬（董卓の愛妾、小説『三国志』に活躍する）のために謀殺されたのだ。

阿Qはもともとは立派な人間である。彼がどのような賢明な師匠から教えをうけたのかわれわれにはわからないが、しかし彼は「男女間の大なる戒め」については、これまで非常に厳格であった。またとても異端者——たとえば若い尼やニセ毛唐などのようなもの——を排撃する正義感をもっていた。彼の学説はこうである、およそ尼というものは必ず和尚と私通する、女が一人で外を歩いているのは、必ず間夫をひっかけようとしているのだ、男と女がいっしょに話しあっているのは、必ず怪しからぬ関係があるからである。彼らをこらしめるために、彼はよく目をむき出して睨みつけ、あるいは大声をあげて「動機を成敗する」言葉をさけび、あるいは人通りのない物かげなら、背後から小石を投げつけるのである。

　ところが意外にも彼は「而立(さんじゅう)」の年になろうとして、ついに若い尼のために危害をうけてふらりふらりとなったのである。このふらりふらりの精神は、儒教の教えからいうと、あってはならぬものである、――だからして女はまったく憎むべきである、もし若い尼の顔がすべっこくなかったならば、阿Qは惑わされるということはなかったであろう、あるいは若い尼の顔に布が一枚かぶさっていたならば、阿Qも惑わされるということはなかったであろう、――彼は五、六年前に、いつか芝居の舞台下の人むれの中で、一人の女の大腿部(だいたいぶ)をつねったが、しかしズボンを一重隔てていたので、そのためにあとでふらりふらりには決してならなかった、――ところが若い尼はそうではない。これで異端の憎むべきであることはよくわかる。

「女……」と阿Qは思う。

　彼は「必ず間夫をひっかけようとしている」と考える女に対して、いつも注意してながめたものである、ところが相手は決して彼に向かって笑いかけはしなかった。彼は自分と話しあっている女に対しても、いつも気をつけて聞いていたが、しかし彼女はまた決して何かヘンな関係の話にはふれたことがない。そうだ、これも女の憎むべき一端である、つまり彼女たちは誰もがみんな「ウソの真面目」なふりをしているのだ。

　その日、阿Qは趙大旦那(チャオおおだんな)の家で一日中、米つきをして、夕食がすむと、台所で煙草を吸っていた。ほかの家なら、夕食をすますと帰れたのであるが、趙(チャオ)家では夕食を早くして、燈火をともさないで、夕食がすめばすぐ寝る定りになっていた。しかし時には多少の例外もあった。その一つは、趙の若旦那がまだ秀才の試験をパスしないときで、燈火をつけて書物を読むことが許されたし、その二つは、阿Qが臨時雇いにきたときで、燈火をつけて米をつくことが許されていた。この一つの例外によって、阿Qは米つきに取りかかる前、いま台所に腰をおろして煙草を吸っていたのである。

呉媽は、趙大旦那の家でただ一人の下女であったが、茶碗や皿を洗ってしまうと、また縁台のところにきて腰をおろした、そして阿Qと四方山ばなしをした。

「奥さんは二日間食事もしないのよ、大旦那がお妾さんを置こうとしているので……」

「……女……呉媽……この若後家……」と阿Qは思う。

「ここの若奥様は八月のうちに赤ちゃんを生むわ……」

「女……」と阿Qは思う。

阿Qは煙管をほうり出して、立ち上った。

「ここの若奥様は……」と呉媽はまだくどくどいいつづける。

「俺あお前と寝る、俺あお前と寝る!」阿Qは突然飛び出して行って、彼女の前に跪いた。

一刹那しいんとした。

「ああ!」と呉媽はしばらくぽかんとしていたが、突然ふるえ出して、大声に叫んで外へ駆け出した、駆けながらも大声でわめいた、あとは泣きじゃくりになったようだ。

阿Qは壁に向かって跪きながら、ぽかんとしていたが、やがて両手をついて誰もいない縁台をおさえ、ゆっくりと立ちあがった。何ともやり切れない気持ちを覚えた。彼はこのとき確かにいくらかの不安をもった。大急ぎで煙管を股引（ももひき）の紐（ひも）に差しこむと、米つきに取りかかろうと思った。ボンという音がして、頭上にでっかい一撃をくらった。彼がくるりと身をふりむけると、あの秀才が一本の大きな竹の担い棒をもって彼の前に立ちはだかっていた。

「お前は謀叛（むほん）した、……お前この……」

大きな竹の担い棒はまた彼に向かって打ち下ろされた。阿Qが両手で頭をかかえると、パンとちょうど彼の指の関節を打たれた、これはたいへんに痛かった。彼は台所の戸口から一目散に逃げ出したが、どうやらまた背中に一撃をくらったような気がした。

「不届者め！」秀才は後ろからお上（かみ）言葉をつかって、そんなふうに怒鳴った。

阿Qは米つき場に逃げこんで、一人でつっ立っていると、まだ指の痛みを感じる、また「不届者」という言葉も耳にのこっていた、この言葉は未荘（ウエイチヨワン）の田舎者はこれまでつかったことがなく、お役人づきあいのエライ人だけがつかう言葉であったから、それで特別にこわかったし、印象も特別に深かった。だがこの時、彼のあの「女……」の思想は、もうなかった。それにまた殴られ罵（のの）られたあとでは、この事件はもう終結になったように思われ、かえって何一つ心にかかるものはないような気になって、米つきに取りかかった。しばらくついてから、暑くなってきたので、今度は手を休めて上着を脱いだ。

上着を脱いだとき、外面のほうがたいへん騒がしいのが聞こえた。阿Qは平素から騒ぎを見るのがとても好きだ、さっそく声のするほうへ出て行った。声のするほうを探し求めて行って、やがて、趙大旦那の部屋の奥庭まできた。夕闇の中ではあるが、それでも数人の者のいることがハッキリわかった。趙家の家族は、二日間食事もしないという奥様もそこにいたし、そのほか隣家の鄒七嫂もいるし、本当の親類である趙白眼や趙司晨もいる。

ちょうどそこへ若奥様が呉媽を下女部屋から引っぱって出てきた、こういいながら、

「あんた外へ出るといい、……自分の部屋に引きこもって、くよくよ考えたりしないで……」

「あんたの正しいことは知らぬものはない。……短気など決して起こしてはいけないよ」と鄒七嫂もそばからいった。

呉媽は泣くばかりで、何か言葉もまざるが、ハッキリそれが聞きとれない。

阿Qは思う「ふん、おもしれえ、この若後家はどんなおもしれい騒ぎをやらかしたんだろう?」と。彼は話を聞こうと思って、趙司晨のそばに近よって行った。そのとき彼は、ふと趙の若旦那が彼のほうに向かって走ってくるのを見た。それも手には大きな竹の担い棒を握っている。彼はこの竹の担い棒を見ると、自分がさっき打たれたのと、この場の騒ぎとは何か関係があるらしいということにふと気がついた。彼は身をひるがえして逃げ出し、米つき場へ引きかえそうと思ったが、はからずもこの竹棒が彼の逃げ路

を邪魔したので、彼はまたもや身をひるがえして逃げ出し、そのまま裏門を抜け出して、やがてもう土地神の祠に帰っていた。

阿Qはしばらく坐っていると、皮膚には鳥肌が立ち、寒けを覚えた、いま春の末であるとはいっても、夜はかなり余寒があって、どうも半裸体では似合わしくない。彼は上着を趙家に残しておいたことを思い出した。だが取り戻しに行くには、秀才の竹棒がとてもこわい。そこへ隣保の世話役がやってきた。

「阿Q、間抜けめ！　お前は趙家の使用人までからかいやがる、まるっきり謀叛だ。俺を夜も眠れぬひどい目にあわす、この間抜けめ！　……」

ごてごてとひとくさり教訓されたが、阿Qはもちろん何もいえない。最後に、夜のことではあるし、世話役に酒手を倍増しにして四百文出さねばならなかったが、阿Qはちょうど現金を持ちあわせなかったし、フェルトの帽子を一つ抵当にしたうえに、次の五条件を取りきめた。

一、明日、紅蠟燭——重さ一斤のもの——一対、香一封を用意して、趙家にお詫びに行くこと。

二、趙家では道士を呼んで首縊りの幽霊を祓いのけるが、費用は阿Qの負担によること。（阿Qにはずかしめられて呉媽が首を縊って自殺しようとしたのである）

三、阿Qは今後絶対に趙家の閾をまたがぬこと。

四、呉媽に今後もし変事があれば、一切阿Qの責任であること。

五、阿Qはもう日雇賃と上着をもらいに行ってはならぬこと。

阿Qはもちろん全部承知したが、残念ながら金がない。幸いにしてもう春だし、掛布団はなくてもすむので、それを二千文で質に入れて、条約を履行した。半裸体のまま額を地につけておじぎをしたあと、それでもまだ何文かの銭が残ったが、彼はもうフェルト帽子をうけ出さずに、みんな酒を飲んでしまった。ただし趙家でも焼香したり蠟燭をともしたりはしなかった、奥様が仏さまを拝むときに入用だから残しておいたのである。あの破れ上着は半分以上若奥様が八月に生む赤ん坊のおしめになり、半分以下のボロボロの部分はみんな呉媽の鞋底になった。

第五章　生計問題

阿Qは謝罪をすますと、いつもの土地神の祠へ帰ったが、太陽が沈んでから、次第に世の中が少しオカシイような気がした。彼はよく考えてみて、最後にそのわけがわかった、その原因は自分が半裸体でいるからのようだ。彼は破れ袷がまだあることを思い出した。それを身体にひっかけて、横になった。眼がさめてみると、太陽はもう西の垣根の上にかがやいていた。彼は上体を起こしながらこういった、「こん畜生……」

彼は起きあがると、相変らず街をぶらつく。半裸体の身にこたえる苦痛ほどではなかったけれども、しかしそれでもだんだん世の中がなんだか少しオカシイように思えてきた。どうもこの日から、未荘(ウエイチヨワン)の女たちが急にみな恥ずかしがり出したのだ、彼女たちは阿Qの姿を見ると逃げ廻(まわ)って、めいめいの戸口の中にかくれて行く。ひどいのはもう五十に近い鄒七嫂(ツオウチーサオ)までも、ほかの者たちのまねをしてあたふたともぐり込む、そればかりか十一歳の女の子までも呼び入れるのである。阿Qはとても不思議に思った。そして考えるには、「こいつらは急にみんなお嬢さんらしい真似をしだした。この売女(ばいた)たちが……」

しかし彼がさらに世の中が少しオカシイと思ったのは、それからだいぶたってからのことである。第一には、居酒屋がツケにしてくれなくなったことだ。第二には、土地神の祠を管理している爺(じい)さんがロクでもないことをいって、彼を追っぽり出そうとしているらしいことだ。第三には、どれくらいの日数か彼は覚えていないが、しかし確かに長い間、誰も彼に仕事を頼みにこなくなったことだ。居酒屋がツケにしてくれなくても、我慢すればそれまでのことだ。爺さんが追っぽり出そうとしても、ひとくさりツベコベいえば、それですんでしまう。ただ誰も彼に仕事を頼みにこないということは、阿Qの腹を飢(ひもじ)くさせるのである。これは実に一つのたいへんな「こん畜生」的な事情である。

阿Qはもう我慢できなくなった。仕方がなくて、いつものお主顧(とくい)の家にききに行く、——ただし趙(チヤオ)家の閾(しきい)だけは跨(また)ぐことを許されない——ところが情況は変わっている。きっと誰か男が出てきて、とてもイヤそうな顔つきをあらわにして、まるで乞食を追い返すように手をふりながらいう、

「ないない！ 出ていけ！」

阿Qはいよいよ不思議なことだと思った。これらの家ではこれまで手伝いを必要としていた、いま急にどこにも仕事がないというはずはない、これはとにかく何か裏に怪しげな事情がひそんでいるに相違ない、と彼は思った。彼は注意深くさぐって、彼らは仕事があればみんな小(シャオ)Donを呼んでいることがやっとわかった。この小(シャオ)Dというのは、貧乏たれで、痩(や)せこけて、力がなく、阿Qの眼には、王鬍(ワンフー)のもう一つ下に位していたが、意外にもこのつまらぬ奴がついに彼の飯碗(めしわん)を横取りしたのである。だから阿Qの今度の立腹は、いつもとはちがっていた。プリプリしながら歩いているとき、突然彼は手をあげて、唱(うた)った、

「われ手に鋼(はがね)の鞭(むち)をとって汝(なんじ)をば打たん！……」（芝居唄の文句）

数日たって、彼はとうとう銭(チエン)家の照壁（門の前方に道路を越えて衝立のようにつくられた壁）の前で小(シャオ)Dに出会った。「仇同士(かたきどうし)が出会えば特別に眼ざとい」（中国の諺）ものだ、阿Qはいきなり飛びかかって行った、小(シャオ)Dも立ち止まった。

「畜生！」と阿Qは目をむいて睨(にら)みつけながらいった、口からは唾(つばき)のしぶきを飛ばした。

「俺(おら)あ虫けらだ、こういえばよかろう？ ……」と小(シャオ)Dはいった。

この謙遜(けんそん)は反対に阿Qをいっそう怒らせてしまった。だが彼の手には鋼の鞭はない。だから飛びかかって行くばかりだ。手を伸ばして小(シャオ)Dの辮髪(べんぱつ)を握った。小(シャオ)Dは片手で自分の辮髪の付け根を護(まも)りながら、片手ではまた阿Qの辮髪を握ってきた。そこで阿Qも

空いていた片手で自分の辮髪の付け根を護った。以前の阿Qから見れば、小Dはもとより物の数でもない男であるが、しかし彼は近ごろ飢えのために、痩せっこけて力のないことは、もはや小Dに劣らなかった。だから勢力均衡の状態を形成して、四本の手が二つの頭をつかみ合って、どちらも腰を折り曲げ、銭家の真っ白い壁の上に一つの藍色（着物の色）の虹形を映し出すこと、半時間ばかりの久しきに及んだ。

「いいよ、いいよ！」と見物人たちがいう、多分それはなだめているのであろう。

「いいぞ、いいぞ！」と見物人たちがいう、これはなだめているのか、ほめそやしているのか、またけしかけているのかわからなかった。

だが二人とも聞きいれない。阿Qが三歩出ると、小Dは三歩引いて、どっちも立ち止まったままだし、小Dが三歩出ると、阿Qは三歩引いて、またどっちも立ち止まったままでいる。およそ半時間、――未荘には時計は滅多にないから、ハッキリしたことはわからないが、あるいは二十分かもしれない、――彼らの頭髪の中からは湯気が立ち、額の上には汗が流れて、阿Qが手を放すと、同じ瞬間に、小Dも手を放した。同時に腰を伸ばし、同時に引きあげて、両方とも人むれの中にかき分けて入った。

「覚えてろ、畜生め……」と阿Qは頭をふりむけていった。

「畜生め、覚えてろ……」と小Dも頭をふりむけていった。

この一場の「竜虎闘」劇はどちらも勝負なしのようであったが、見物人はしかし満足したかどうかわからない、誰も何の議論もしなかったから。だが阿Qはやっぱり誰も手伝いに頼んでくれなかった。

ある生あたたかい日である、微風はそよそよとふいて、もう夏らしい気分であった。だが阿Qには冷えるように感じられた。だがこれはまだ我慢もできるが、第一に腹のひもじさであった。掛け布団、フェルト帽、上着はもうなくなってしまったし、その次には綿入れの上着も売った。いま股引(ももひき)があるがこれはどうしても脱ぐわけにいかない。破れ袷(あわせ)があるが、誰かにやって鞋底(くつぞこ)にするほか、売れないことは決まっている。彼はずっと前から、路(みち)ばたでひと山の銭を拾うことを空想していた、だが今日までまだ見かけたことがない。彼は自分の破屋(あばらや)の中でふとひとやまの銭を見つけることを空想し、あわててあたりを見廻(みま)わすと、部屋の内はガランとして何一つなかった。そこで彼は外へ出て行って食べものを求める決心をした。

彼は路を歩きながら「食べものを求め」ようとした。見なれた居酒屋を見たし、見なれた饅頭(マントウ)も見た。しかし彼は通りすぎてしまって、しばらくの間も立ち止まらなかっただけでなく、そんなものを欲しいとも思いはしなかった。彼の求めているものはそんなものではなかった。彼の求めるものがどんなものであるのか、彼自身にもわからなかった。

未荘(ウエイチヨワン)は大きな部落ではなかったから、あまり時間をかけずに通りすぎてしまった。村のはずれは水田が多く、一面に新苗の若緑である。その間に円い形の動いている黒点がまざっているのは、田作りをする農夫である。阿Qはこのような田園の美を鑑賞はしないで、ひたすら歩く、というのは彼は直覚的に、これは彼の「食べものを求める」道とはあまりにかけ離れていることを知っていたからである。だが彼はとうとう静修庵の塀の外までやってきた。

庵の周囲も水田である。白い塀が新緑の中につき出ていて、背ろの低い土塀の内側は野菜畑になっている。阿Qはしばらくじっと佇んで、あたりを眺めたが、誰も人はいない。そこで彼はこの低い土塀をはい上がって行き、何首烏の籐を引っぱった。だが塀土がパラパラと落ちて、阿Qの脚もぶるぶるとふるえた。とうとう桑の木の枝につかまって、畑の中へ飛び下りた。中は青々とよく生い茂っていた。だが、老酒も饅頭も、そのほか食べられるたぐいのものは何もないようであった。西の塀寄りは竹藪になっていて、下にはたくさんの筍があったけれども、惜しいことにみなまだ煮えていない、また油菜もあったが、もう種がついている。芥菜ももう花が咲くところだし、小さな白菜もあまり古くなっていた。

阿Qはまるで試験をうけた書生が落第したときのようにとても裏切られた気持ちであった。彼はゆっくりと畑の門のほうへ行って、突然びっくりするほどよろこんだ、ひとうねの大きな大根が眼についたからだ。彼は蹲んで抜いた、すると門の入口から突然、まるい坊主頭がのぞき出て、またすぐひっこんだ、これは明らかに若い尼である。若い尼などのようなものは阿Qはもとより草か芥と思っている。だが世の中のことは「一歩退いて考え」ねばならない、だから彼は大急ぎで四本の大根を抜きとると、葉っぱをもぎとって、上着の裾をまくり上げて入れた。だが年寄りの尼がもうそこへ出てきたのだ！

「ナムアミダブ、阿Q、あなたはどうして野菜畑にまで入ってきて大根を盗んだりするのです！　……ああ、罪なことだ、ああ、ナムアミダブ！　……」

「俺がいつお前さんの畑へ入って大根を盗んだ？」と阿Qはふりかえりながら逃げて、そういった。

「いまです……それがそうでしょう」と年寄りの尼は阿Qのまくり上げた裾を指した。

「これがお前のものかい？　お前さん大根に聞いてみて、そうだと返事してもらえるかい？　お前さんは……」

阿Qはまだ言い終わらないうち、あわてて駆け出した、一匹の太った大きな黒犬が追っかけてきたのである。この犬ははじめ庵の表門にいたが、いつの間に裏の野菜畑にきていたのか知らなかった。黒犬はウーとうなって追っかけ、すんでのところ阿Qの脛にかみつくところだったが、幸いにしてまくり上げた裾の中から大根が一本ころげ落ちると、犬はびっくりして、ちょっとたじろいだので、阿Qはすばやく桑の木によじ登り、土塀に飛びうつり、阿Qも大根もいっしょになって塀の外にころがり出た。取り残された黒犬はまだ桑の木に向かって吠え、年寄りの尼は念仏をとなえていた。

阿Qは尼が黒犬をなおも外までけしかけてきはしないかと思って、大根を拾いあげるとそのまま逃げた。途中でまたいくつかの小石を拾ったが、しかし黒犬はもう出てこなかった。それで阿Qは小石を捨てて、歩きながら大根をかじった、そして思うには、この土地にはたずねさがすものは何もない、いっそ城下へ行こう……

三本の大根をみんなかじってしまったとき、彼はもう城下へ行く決心をつけていた。

第六章　中興から末路まで

未荘(ウエイチヨワン)で再び阿Qの姿を見たのは、その年の中秋（旧暦八月十五日）をすぎたばかりのころである。人々はみなめずらしがって、阿Qの帰ってきたことを噂した。そして阿Qはこれまでどこへ行っていたのだろうかとふりかえって想像した。阿Qはこれまで何度も城下へ行ったが、たいてい帰ってくるとさっそく得意そうに人に話したものである。だが今度はそうではなかったし、それで誰一人として気にとめるものもなかった。彼はひょっとしたら土地神を管理している爺(じい)さんには話したかもしれないけれども、未荘(ウエイチヨワン)の通例として、ただ趙大旦那(チャオおおだんな)や銭(チエン)大旦那、および秀才旦那が城下へ行った場合だけが、一つの事件とされた。ニセ毛唐すらものの数ではなかったのに、まして阿Qなどはなおさらである。それだから爺さんも彼のことを宣伝しなかったし、未荘(ウエイチヨワン)の社会ではそれを知るはずもなかったのである。

だが阿Qの今度の帰郷は、前とはたいへんにちがっていて、確かに驚異に値(あたい)した。日が暮れようとするころ、彼は睡(ねむ)そうな眼をして居酒屋の前にあらわれたが、店台に近よると、腰のあたりから手を伸ばして、銀貨、銅貨をいっぱい握って、店台にほうり出していった「現銭だ！　酒をくれ！」。着ているのは真新しい袷だし、見れば腰のあたりには大きな紙入が吊りさげられてズッシリと重そうに股引の帯は垂れ下がり、大きく曲がった弧線を描いている。未荘の通例として、多少ともめずらしい人物を見かけると、冷淡に扱わないで、むしろ尊敬したものだが、いま明らかに阿Qであるとは知っていながら、しかし破れ袷の阿Qとはちょっと違っていたのだ。昔の人は「士わかれて三日たてば当に刮目して相待つべし」といった。だから居酒屋の小僧、主人、飲みにくる客、通行の者たちは、いうまでもなく一種の疑ってなお敬うという態度を示した。主人はまずおじぎをして、それから声をかけたのである、

「ほう、阿Q、お前さん帰ってきたのか！」

「帰ってきたぞ」

「おめでとう、おめでとう、お前さんは――どこへ……」

「城下へ行っていたんだ！」

このニュースは、翌る日になると全未荘にあまねく知れわたった。人々はみな現銭と新袷の阿Qの中興史を知りたがった。だから居酒屋や、茶店や、廟の軒下でいろいろと様子を聞き出した。その結果、阿Qは新しい畏敬を得たのである。

阿Qのいうところによると、彼は挙人旦那の邸で手伝いに雇われていたというが、このひとくさりは、聞く人をシュンとさせた。この旦那は本当の姓を白というが、しかし

全城下でただ彼一人だけ挙人（文官試験で、秀才の中からさらに選抜されたものの資格）であったから、姓をつけていう必要はなく、挙人といえばつまり彼のことであった。これは未荘だけのことでなく、十数里四方のうちでは、どこでもそうであり、人々はたいてい彼の姓名を挙人旦那というのだと思っていたほどである。この人の邸で手伝いをしたということは、当然それは尊敬すべきことであった。ところが阿Qのいうところでは、彼はしかしもう再び手伝いに行くことはこりごりだ、それはこの挙人旦那は実にあまりに「癪にさわる」からだというのである。このひとくさりは、聞く人をみな嘆息させ、また痛快がらせた。というのは阿Qはもともと挙人旦那の邸で手伝いをするようなガラではない男であるが、それでも手伝いに行かないというのは惜しまれる話であったのだから。

阿Qのいうところでは、彼の帰ってきたのは、やっぱり城下の人に慊りないからのようであった。それは城下の人は長凳を条凳といったり、また魚の揚げ料理に微塵切りの葱を添えたりするためであるが、そのうえ最近の観察から得た彼らの欠点は、女が路を歩くとき、しゃなりくにゃりとして、あまりみっともよくないというのであった。けれどもまれには大いに感心すべきところもあって、たとえば未荘の田舎者は三十二個の竹の牌で打つだけで、ニセ毛唐しか「麻醤」（麻雀のナマリ）は打てないのだが、城下でなら小僧ッ子でも上手に打つ。ニセ毛唐なんかは、城下の十何歳の小僧ッ子の手にかかったら、たちまちに「小鬼が閻魔大王の前に出た」のと同じであるという。このひとくさりは、聞く人をみな恥じ入らせた。

「お前たちはだが首斬りを見たことあるめいが」と阿Qはいう、「そりゃ、おもしれえぞ。革命党を殺すのだ。そりゃおもしれえ、おもしれいもんだぞ、……」と彼は頭をふりふり、唾（つばき）のとばっちりをちょうど真正面にいた趙司晨（チャオスーチエン）の顔に飛ばした。このひとくさりは、聞くものをみなゾッとさせた。だが阿Qはまた四方（あたり）をちょっと見廻わして、ふと右手をあげると、首を伸ばしてぼんやり聞きとれていた王鬍（ワンフー）のぼんのくぼめがけてイキナリ打ち下ろして、

「サッ！」

といった。王鬍（ワンフー）はびっくりして飛びあがり、同時に電光石火の速さで頭をひっこめたが、聞く人はみなおじ気をふるい、またおもしろがった。それ以来、王鬍（ワンフー）は何日も気が抜けたようになり、そしてもう再び阿Qのそばには近よろうとしなかった。ほかの人たちも同様であった。

そのころ未荘（ウエイチヨワン）の人の眼中における阿Qの位置は、趙（チャオ）大旦那を凌（しの）ぐものがあったとはあえていえないまでも、しかしあまりちがわなかったといっても、おそらくそれほど語弊はなかったであろう。

ところがやがて、この阿Qのすばらしい名声はたちまちにまた未荘（ウエイチヨワン）の婦人部屋にもあまねく知れわたった。未荘（ウエイチヨワン）には銭（チエン）家と趙（チャオ）家とだけが大きな邸であって、そのほかの十分の九はみないい加減な婦人部屋であったけれども、しかしやっぱり婦人たちのいる部屋は部屋であったわけだから、これは一つのたいへんな不思議といわねばならない。

女たちが顔を合わせると、必ずいうのである、鄒七嫂は阿Qのところから藍色の緞子のスカートを買った、古いものは古いものであるが、たった九十銭出しただけだと。また趙白眼の母親――一説には趙司晨の母親ともいうが、ハッキリしない――も子供の着る真っ赤な金巾の上着を買った、七分どおり新品だが、たった二分割引きの三円出しただけだと。それで彼女たちは眼を皿のようにして阿Qに会いたがり、緞子のスカートをもたないものは、彼に聞いてそれを買いたいと思い、金巾の上着の欲しいものは彼に聞いてそれを買いたいと思うし、顔を見ればよけて逃げ出すようなことをしないばかりか、時には阿Qがもう向こうへ行ってしまってからも、まだ追っかけて彼を呼びとめようとして、たずねる、

「阿Q、お前さんまだ緞子のスカートをもっているかね？　金巾の上着も欲しいが、あるだろうか？」

あとになるとそれはとうとう女房連から奥様方にも聞こえた。というのは鄒七嫂が得意のあまり、彼女の緞子のスカートを趙の奥様に見てもらったからであるが、趙の奥様は趙大旦那に話し、そのうえ大いにほめそやしたものだ。趙大旦那はすると夕飯のとき、秀才旦那と討論して、阿Qはまったくオカシイところがある、われわれは門や窓に気をつけて戸締りせねばならぬと話しあった。だが彼の品物には買うようなものがあるかもしれない、ひょっとしたら何かいいものがあるかもしれないといった。それに、趙の奥様はちょうど値段が安くて品物のいい革のチョッキを欲しいと考えていたところであっ

たから、そこで家族は、鄒七嫂に頼み、すぐに阿Qを呼んできてもらうことを決議した。そしてそのために新しく第三の例外をつくって、その夜はしばらく特に油燈をともすことが許された。

油燈の油はだいぶ減ったが、阿Qはまだこない。趙家の全家族はみなしびれを切らして、あくびをしながら、阿Qのあまりに風来坊なのを恨んだり、鄒七嫂の愚図を怨んだりした。趙の奥様は彼が春の取りきめ条件のためにきたがらないのではないかと心配した。だが趙大旦那は大丈夫だといった、というのは「自分」が呼んでくるようにいったのだからと。やっぱり、何といっても趙大旦那には見識があった。阿Qは鄒七嫂につれられてやってきたのである。

「阿Qはない、ないというばかりですが、私はお前さん自身で直接出かけて、話してくれといいました。阿Qがやっぱり申しあげます、私はいいまして……」と鄒七嫂はハアハア息をきらして歩きながらいった。

「旦那さま！」と阿Qはニコニコしているような、していないような顔でそういって、軒下に佇んだ。

「阿Q、聞けばお前は外面でかせいだそうで」と趙大旦那はゆっくりと歩いて、じろじろ彼の全身を見ながら、そういった、「そりゃたいへん結構じゃった。それで……聞けばお前は何か古い品物をもっているそうだが、……みんな持ってきて見せてくれんか、……それはほかでもない、わしが欲しいからだが……」

「俺(おら)あ鄒七嫂(ツオウチーサオ)に話しましたが、みんななくなりました」

「なくなった？」と趙(チャオ)大旦那は思わず声に出していった。「なんでそう早くなくなることがあるものか」

「ありゃ友だちのものでして、もともと少なかったんです。みんなで買ってくれまして、……」

「それでもまだちょっとくらい残っているだろう」

「いま、暖簾(のれん)が一枚あるきりです」

「すぐそれをもってきて見せておくれよ」と趙(チャオ)の奥様はせき込んでいった。

「じゃあ、明日もってくればいい」と趙(チャオ)大旦那はあまり熱心ではなかった。「阿Q、お前これから何か品物があったときは、真っ先きにわしらのところへ持ってきて見せてくれ、……」

「値段は決してほかの家より安くはしないから！」と秀才がいった。秀才夫人は咄嗟(とっさ)に阿Qの顔をチラリとながめ、彼が感動しているかどうかを見た。

「私は革のチョッキが欲しい」と趙(チャオ)の奥様はいった。

阿Qは承知はしながらも、のらりくらりと歩いて出て行ったので、彼が気にとめているのかどうかわからなかった。これは趙(チャオ)大旦那をたいへん失望させ、腹立たしくまた心配にもさせて、あくびの出るのも止まってしまった。秀才は阿Qの態度にたいへん不平をもった。だからいった、この不届者は警戒せねばならない、いっそのこと隣保の世話役にいいつけて、阿Qを未荘から追い出したほうがいいかもしれないと。ただ趙大旦那はそれはよくないとして、そんなことをしたら恨まれるかもしれないし、ましてこの道の商売をする者(泥棒のこと)はたいてい「鷹は巣の中のものは食わない」ものだし、この村としては心配する必要はない、ただ自分たちとしては夜間に気をつけさえすればいいのだといった。秀才はこの「家庭の教訓」を聞いて、まことにもっともだと思い、その場で阿Qを追っ払うという提議を取り消すとともに、鄒七嫂にはこの話を決して誰にも知らせてはいけないとよくいっておいた。

だが翌日になると、鄒七嫂は藍色のスカートを黒色に染めかえたし、また阿Qに疑わしい点があることをいいふらした。しかし秀才が彼を追っ払おうとした点は確かに話しはしなかった。けれどもこれはもはや阿Qにとって甚だ不利であった。まず最初に、隣保の世話役がやってきて、彼の暖簾をとりあげた。阿Qはこれは趙の奥様が見たいといっているものだと説明したが、世話役は返してくれず、そのうえに毎月の付け届けの金額を取りきめようといった。その次には、村の人々の阿Qに対する畏敬が急に変化したことだ。まだ彼を無法に取り扱おうとはしなかったけれども、遠ざけるという気持ちが大いにあった。そしてこの気持ちは以前、彼が「サッ」とやるのを警戒したときとはちがったものであり、どちらかといえば「敬して遠ざける」という要素がかなりまざっていた。

ただ一部の閑人たちは根掘り葉掘り阿Qの仔細をさぐり出そうとした。阿Qもそれを決して隠し立てはせず、大威張りで彼の経験を語った。それ以来、彼らははじめて、彼がコソ泥棒で、塀をのり越えることができないばかりか、塀に穴をあけて忍び込むこともできず、ただ門の外に立っていて、盗み出されたものを受けとるだけの腕であることを知った。ある夜のことだ、彼が一つの包みを受けとるとすぐに、本職は再び中へ忍び込んだが、まもなく、家の中で大騒ぎが起こったのを聞いて、彼は大いそぎで駆け出し、その夜のうちに城壁をはい出して、未荘(ウエイチョワン)に逃げ帰ってしまい、それからは再び仕事に行こうともしないのであった。だがこの話は阿Qにとってはいっそう不利になって、村の人たちの阿Qに対する「敬して遠ざける」態度は、もともと恨みを受けることを警戒してのことであったが、ところが彼はもう泥棒をしようともしない泥棒にすぎないのではないか、これではまったく「これまた畏(おそ)るるに足らざるなり」である。

第七章　革命

宣統三年九月十四日——すなわち阿Qがその紙入を趙白眼(チャオパイイエン)に売った日である——夜中の十二時半、一艘(そう)の大きな黒塗りの篷船(とまぶね)が趙邸(チャオてい)の川岸についた。この船は真っ暗闇の中を漕(こ)いできたので、土地の人たちはよく寝入っていて、誰も知らなかったが、帰って行ったときはもう夜明けに近かったので、何人かの者がそれを見た。いろいろとさぐって調べた結果、それがなんと挙人旦那(だんな)の船であることがわかった!

その船はだが大きな不安を未荘にもたらし、正午にならないうちに、全部落の人心はひどく動揺した。船の使命は、趙家ではもともときわめて秘密にしていたが、しかし茶店や居酒屋の話では、革命党が城下に入り込もうとしているので、挙人旦那はこの村へ避難したのだということであった。ただ鄒七嫂だけはそれはちがうといって、あれはいくつかの汚ない衣裳箱で、挙人旦那があずけようとしたのだが、趙大旦那にことわられて引き返したにすぎないと説明した。実は挙人旦那と趙秀才とはもとから仲が悪かったし、理窟としては「患難をともにする」という情誼のあろうはずはなかった。まして鄒七嫂はまた趙家とは隣り合わせであったし、見聞はいっそう確かである。だからだいたい彼女のいうことが正しいのであろう。

ところが噂はたいへんなもので、挙人旦那は自分でやってきたらしくはないが、しかし長い手紙を寄越して、趙家とは「廻り廻っての親類」だといったというのである。趙大旦那は腹の中で計算して、とにかく彼にとって不利ではないと思ったので、衣裳箱はあずかって、現に奥様の寝台の下につっ込んであるというのである。革命党については、ある者はこういった、その夜のうちに城下に入ったが、めいめいに白い甲、白い鎧をつけ、崇正皇帝(前朝最後の皇帝)のための喪服を着ていたと。

阿Qの耳は、もともと早くから革命党という言葉を聞いていたし、今年はまた革命党を殺す現場も見た。だが彼はどこから得たのかを知らない意見をもっていて、革命党とはつまり謀叛であり、謀叛とは、怪しからぬものであると考えていた。だからこれまで

「深く悪(にく)んで痛く排撃し」たのである。ところが意外にもそれは十数里に名をとどろかせる挙人旦那さえこれほどまでにこわがらす、そこで彼はどうも「感心」する気持ちになったのである。まして未荘(ウエイチヨワン)のひとむれのロクでもない人間たちのあわてふためく様子は、阿Qをいっそう愉快にもした。

「革命もいいなあ」と阿Qは考える、「あのいまいましい奴らの命を革(あらた)めてやる、まったく憎らしい！　まったく腹が立つ！　……だから俺も、革命党の仲間に入ってやろう」

　阿Qは近ごろ小づかい銭に事欠いていて、どうやら少し不平であった。そこへ午(ひる)ごろ、空(すき)ッ腹に二杯の酒をひっかけて、酔いの廻りが早かった。考え考え歩いていると、またしてもふらりふらりになってきた。どうしたわけか知らないが、ふと革命党こそ自分であり、未荘(ウエイチヨワン)人はすべて彼の捕虜であるというふうに思えてきた。彼は得意のあまり、大声でわめき出したくなった。

「謀叛だ！　謀叛だ！」

　未荘(ウエイチヨワン)の人たちは誰も驚きおそれる眼差(まなざし)で彼を見た。この憐れむべき眼差は、阿Qがこれまで見たこともないものであった。それを見た途端に、彼は炎天の下で氷水を飲んだような爽快(そうかい)な気分になった。彼はいっそうおもしろくなって、歩きながらわめいた。

「おもしれえ、……俺の欲しいものは何でも勝手次第だ、俺の気に入るやつは何奴(どいつ)だ。

　ドンドン、ジャンジャン！

　悔いても遅い、酔ったあまりに間違えて鄭(チヨン)の弟（「竜虎劇」に出てくる人物）をば斬った、悔いても遅い、あああ……

ドンドン、ジャンジャン、ドン、ジャンリンジャン！

われ手に鋼の鞭をとって汝をば打たん……」

趙家の二人の男性と二人の本当の親類が、ちょうどいま門さきで革命について議論している。阿Qはふりむきもせずに、頭を高くあげてただ唱って通る。

「ドンドン……」

「Qさん」と趙大旦那はおずおずと阿Qを迎えて、低い声でいった。

「ジャンジャン」と阿Qは彼の名前が「さん」づけにされようとは思いもかけず、何か別の話で、自分とは関係ないと思い、ただ唱うばかりである。「ドン、ジャン、ジャリンジャン、ジャン！」

「Qさん」

「悔いても遅い……」

「阿Q！」と秀才がやむなくその名を呼びすてにした。

阿Qはそのときやっと立ち止まって、頭をねじ向けてたずねた、「何だね？」

「Qさん、……このごろ……」と趙大旦那はしかし言葉が途切れた、「このごろ……かせぎは？」

「かせぎ？　もちろんだ。欲しいものは何でも勝手次第……」

「阿……Qの兄貴、俺らのようなこんな貧乏人は大丈夫で……」と趙白眼はおそるおそるいった、まるで革命党の口ぶりをさぐっているかのように。

「貧乏人だって？　お前も俺よりゃ金持ちだ」と阿Qはいいながらどんどん行ってしまった。

誰もが打ちしおれて、黙りこんだ。趙大旦那父子は家に帰ると、その夜は燈火をともすころまでいろいろ相談した。趙白眼は家に帰ると、すぐに腰から紙入を外し取って、彼の女房に渡して箱の底にかくさせた。

阿Qはふらりふらりとひとわたり飛び歩いて、土地神の祠へ帰ってくると、酒の酔いはもうすっかりさめていた。その晩、祠の管理人の爺さんは特別に愛想がよく、彼を呼んで茶を飲ませた。阿Qは爺さんにウドン粉焼を二つねだって、それを食べてしまうと、今度は用い残りの四両蠟燭と木製燭台をねだり、火をともして、一人で自分の小さな部屋にころがった。彼は何ともいえない新鮮な楽しい気持ちであった、蠟燭の火はまるで正月十五夜の燈火（正月十五夜には賑かに燈火をつけて祝う）のようにかがやいて燃えさかった。彼の思想も燃えさかってきた、――

「謀叛か？　おもしれえ、……白い甲、白い鎧の革命党がドッとやってきて、手に手に広刃の刀、鋼の鞭、爆弾、鉄砲、三尖両刃の刀、鎌槍をひっさげ、この祠を通りかかるとき、『阿Q！　いっしょに行こう行こう！』と呼ぶ、そこで俺もいっしょに行く。……

そのとき未荘のロクでもない人間どもこそ笑いものだな、土下座して叫ぶ『阿Q、命だけはお助けを！』誰が聞いてやるものか！　第一に殺つけねばならぬのが小Dと趙大旦那だ、それから秀才も、ニセ毛唐もいる、……誰々の命を助けてやろうか？　王鬍(ワンフー)はまず助けてやるべきだが、でも駄目だ。……

　品物は、……ふみ込んで行って箱を開ける。……馬蹄銀(ばてい)、銀貨、モスリンの上着、秀才の嬶(かかあ)の寧波(ニンポー)(地名)式の寝台をまずこの祠に運び入れる、そのほかに銭家(チエン)の椅子テーブルをならべる、――それとも趙家(チャオ)のやつを用(つか)おうか。自分の手を動かさず、小D(シャオ)にいいつけて運ばせる、さっさと運ばせる、のろくさやったら平手打ちだ。……

　趙司晨(チャオスーチエン)の妹はまったく醜い。鄒七嫂(ツオウチーサオ)の娘はもっと年をとってからのことだ。ニセ毛唐の女房は辮髪(べんぱつ)なしの男と寝やがるし、何てえ、怪(け)しからんしろものだ！　秀才の女房は眼蓋(まぶた)の上に傷痕(きずあと)がある。……呉媽(ウーマ)は久しく会わないが、どこにいるのか知らん、――残念ながら脚が大きすぎる」

　阿Qはまだ空想の手筈(てはず)がすっかりととのわないうちに、もう鼾をかいた。四両蠟燭はまだ半寸ばかり減っただけだが、燃えさかる焔(ほのお)の光は彼の大きく開けた口を照らし出していた。

「ホオホオ！」と阿Qはふと大声で叫び、頭をあげてあわてて四面(あたり)をながめ廻したが、四両蠟燭を見ると、またそのまま頭を横にして寝入ってしまった。

　翌(あく)る日、彼はかなり遅く起きて、街(とおり)に出てみたが、すべてのものはもとのままである。彼は相変わらず腹が減っている、考えてみたのだが、何もうまい考えはつかない。だが彼はふと考えが決まったらしく、ゆっくりと股を開いて歩き、いつのまにか静修庵(あん)にきていた。

庵は春の時と同じく静かである、白い塀と黒い門。彼はちょっと思い入れをしてから、進みよって門をたたいた、犬が内側で吠えた。彼は大急ぎでいくつも煉瓦の破片を拾いあげて、もういっぺんいっそう力をこめてたたいた。黒い門にいくつもキズ痕ができるまでにたたいたとき、やっと誰かが門を開ける物音が聞こえた。

阿Qはあわてて煉瓦の破片を握りなおし、足を開いて姿勢をかまえ、黒犬との戦闘開始にそなえた。だが庵の門はひと筋開いただけで、黒犬も中から飛び出してはこない。覗いて見るとただ年寄りの尼だけだ。

「お前さんはまた何しにきた？」と彼女はたいへん吃驚していった。

「革命だ……お前知ってるか？　……」と阿Qは口ごもったいい方だ。

「革命革命って、革命したと思ったらまた革命、……お前さんたち私たちをどう革命しようというのかい？」と年寄った尼は二つの眼を真っ赤にしていった。

「何だって？」と阿Qはヘンに思った。

「お前さん知らないのか、あの人たちがもうきて革命したのだよ！」

「誰が？……」と阿Qはいっそう不思議に思った。

「あの秀才とニセ毛唐が！」

阿Qはとても意外だった、思わず吃驚仰天した。年寄った尼は出鼻をくじかれたのを見ると、すばやく門を閉めた。阿Qはもういっぺん押してみたが、堅くてどうしても開かない。今度はたたいてみたが、もう返事はなかった。

それはまだ午前中のことであった。趙秀才は早耳で、革命党が夜のうちに城下へ入ったことを聞くと、すぐに辮髪を頭の上にぐるぐる巻きにした。早朝から、これまで仲の悪かったあのニセ毛唐を訪ねた。いまや「みなともに維れ新なり」の時である、だから彼らは話のうまが合って、たちまち意気投合の同志となり、そして革命することを約束した。彼らはいろいろ考えた末、やっと思い出したのは静修庵に「皇帝万歳万々歳」と書いた竜の模様のある碑があることであった。これはぜひともさっそく革命してブッ壊さねばならぬものであった。そこでまたさっそくいっしょに静修庵へ革命に出かけたのである。年寄りの尼が邪魔をして、何だかだといったので、彼らは彼女を清朝政府方とみとめて、その頭上に少なからぬステッキと拳骨をあびせた。尼は彼らが行ってしまってから、気をとりなおして査べてみたところ、竜の模様の碑はもちろんもう壊されて地上にころがっていたが、そのほかにも観音さまの像の前にあった銅の香炉がなくなっていた。

このことをあとになって阿Qは知った。彼は自分が寝入っていたことをたいへん後悔したが、しかしまた彼らが自分を呼んでくれなかったことをたいへん恨んだ。彼はまた一歩退いて考えてみた、

「まさか奴らは俺がもう革命党の仲間に入ったことを知らぬはずがあろうか？」

第八章　革命を許さず

未荘の人心は日々安定していった。伝えられる消息によって、革命党は城下へ入ったけれども、しかし何も大した変化はないことがわかった。県知事さんはやっぱりもとの人で、役名が何とか改まっただけだし、また挙人旦那も何とか――その名称は、未荘人は誰もハッキリいえなかった――という役人になった。兵隊を指揮するのも前の隊長さんである。ただ一つこわいことは、いく人かの悪い革命党が中にまざっていて目茶苦茶をやり、翌る日から辮髪切りをはじめたというのであるが、聞けば隣村の船頭七斤(七斤は名前)がその手にかかって、ぶざまな姿にされてしまったという話だ。だがこれくらいのことは大恐怖とはいえない、というのは未荘人はもともとあまり城下に出るものはいないし、たとえたまたま城下に行こうと思うものがあったとしても、さっそく計画を変えれば、その危険にあうことはない。阿Qも城下に出て彼の友だちを訪ねようと前から考えていたが、この消息を聞いて、取りやめにせねばならなかった。

だが未荘も無改革とはいえなかった。数日たつと、辮髪を頭の上に巻き上げるものがだんだん増してきた。前にもいったように、一番最初はもちろん秀才先生であったが、その次には趙司晨と趙白眼であったし、その後が阿Qであった。もし夏であれば、誰も辮髪を頭の上に巻き上げるか、あるいは結ぶかするのは、何もめずらしいことはいえなかった。だがいまは晩秋である。だからこの「夏にすべき決まりを秋にする」ことは、辮髪巻き上げ家にとってはたいへんな英断といわなければならず、そして未荘としてはそれが改革に無関係ということはできなかったのである。趙司晨が後頭を空っぽにして（辮髪を頭の上にあげ下に垂らしていないから）やってくると、それを見た人たちは大騒ぎをしていった、

「ホー、革命党がきた！」

阿Qはそれを聞くとたいへん羨しかった。彼は秀才が巻き上げたという大ニュースをだいぶ前に聞いたが、しかし自分もそのようにしようとはとても想像もしなかったところ、いま趙司晨までそうしているのを見ると、はじめてやってみようという意志が出て、実行の決心を定めた。彼は一本の竹箸で辮髪を頭の上に巻き上げ、ずいぶんためらってから、やっとのことで思い切って外へ出た。

彼は街を歩いた、人も彼を見たのに、しかし何ともいわない。阿Qは最初はおもしろくなかったが、あとには大いに不平だった。近ごろ彼はすぐに腹を立てるクセがあった。実は彼の生活は、謀叛の前にくらべると、かえってラクになっていた、人は彼を見ると遠慮したし、店屋も現金だとはいわなかった。それだのに阿Qはとにかく自分はあまりに不遇だという気がしていた。もう革命になった以上、こんなことでは怪しからんと思った。それにあるとき小Dを見るに及んで、腹の皮がやぶれるばかりにいよいよ彼を怒らした。

小Dも辮髪を頭の上に巻き上げていたのだ、そしてやっぱり一本の竹箸を用っていた。

阿Qは彼までがこのようにするとは、よもや思いもかけなかったし、また彼がこのようにするのは自分としても許せない！　小D(シャオ)なんてどんなしろものだい！　さっそく彼をふんづかまえて、その竹箸をねじ折り、その辮髪を垂らしてやり、そのうえ三つ四つ平手打ちをくらわせて、彼が身の程も知らず、あえて革命党になろうとする罪を懲罰してやろうとどれほど思ったことか。だが阿Qはとうとうそのまま見逃しにして、ただ目をむいてにらみつけ、唾(つばき)をはいて「ペェ！」といっただけだった。

この数日の間、城下へ行ったものはただ一人、ニセ毛唐だけである。趙(チャオ)秀才も衣裳(いしょう)箱をあずかった縁故によって、自身で出かけて挙人旦那を訪問しようかと考えたのだが、しかし辮髪を切られる危険があるので、中止した。彼は「黄傘式」（丁重な手紙の書き方をいう。相手を呼ぶとき別行にかく）の手紙を書いて、それをニセ毛唐にことづけて持って行ってもらい、また彼に自分のことをしかるべく紹介して、自由党に入れるよう取りなしてもらうことを頼んだ。ニセ毛唐が帰ってきたとき、秀才に銀貨四円を請求したが、秀才はそれで銀の桃を胸にかけたのである。未荘(ウエイチョワン)の人々はみな感動して、これは柿油(しゆう)党（自由党の田舎訛り）の徽章(きしょう)で、翰林(かんりん)（最高段階の文官試験及第者の資格）に相当すると話した。趙(チャオ)大旦那はこのためににわかにたいへん幅がきくようになり、息子がはじめて秀才になったときよりもずっと上廻る勢力であった。だから一切のものを見下し、阿Qを見ても、まるで眼中にはなかった。

阿Qはいまや不平であり、また時々刻々に落ちぶれを感じていたが、この銀の桃の伝説を聞くと、彼はたちまち自分がなぜ落ちぶれるかの原因を悟った。革命しようとしても、ただ仲間に入ったというだけでは駄目だし、辮髪を巻き上げても駄目である。第一にはやはり革命党と連絡せねばいけない。彼がこれまで知っている革命党は二人だけだ、城下の一人はとっくに「サッ」と殺(や)られてしまい、いまではただ一人、ニセ毛唐だけが残っている。彼はさっそく出かけてニセ毛唐と相談してみる以外には、もうほかに方法はなかった。

銭家(チエンけ)の大門はちょうど開いていた、阿Qはおっかなびっくり忍び足で入って行った。中に入ると彼は吃驚(びっくり)した。見ればそこにはニセ毛唐が中庭の真ん中につっ立っている、全身真っ黒であるのは、多分洋服というものだろう、胸にはやっぱり銀の桃をつけている、手には阿Qがいつか見舞われたことのあるステッキを握っている、もう一尺あまりになっている辮髪はバラリとひろがって肩の上にかぶさり、モシャモシャの頭はまるでガマ仙人のようだ。向かいあってつっ立っている趙白眼(チャオパイイエン)と三人の閑人(ひまじん)が、いまうやうやしく、つつしんで彼の話を拝聴しているところである。

阿Qはそっと入って行くと、趙白眼(チャオパイイエン)の背後に立った、何か挨拶(あいさつ)しようかと思ったが、しかしどういえばよいのかわからなかった。彼をニセ毛唐というのはもちろんよくないし、外人も適当でなく、革命党も適当ではない、もしかしたら外先生と呼んだらいいのかもしれない。

外先生はしかし彼のほうを見ない、というのはいま眼の玉を白くして一生懸命で講釈している最中であった、

「僕は気が短いんだ、だから僕たちが会ったとき、僕はとにかくいった、洪君！（洪は辛亥革命の時の主役になった黎元洪をさす）僕らは着手しよう！　と。しかし彼はいつもNo！という——これは外国語で、君たちにはわからんが。でなかったらもっと早く成功していたはずだ、だがこれこそ彼が事を成すに細心であるところだ。彼は再三再四、湖北（そこから革命がまず起った）に上るよう僕にいってくるが、僕はまだ行かないでいる。誰がこんなちっぽけな県城（県の中心都市）で仕事をしたいと思うものか。……」

「ウン、……こんな……」と阿Qは彼の言葉がちょっと途切れるのを待って、ついに十二分の勇気をもって口をはさんだ、だがどうしたのか知らないが、彼を外先生とはいわなかった。

話を拝聴していた四人はみんな吃驚して彼をふり返った。外先生もはじめて彼が眼にとまり、

「何だと？」

「俺あ……」

「出て行け！」

「俺あ仲間になろうと……」

「出て失せろ！」と外先生は葬式棒をふりあげた。

趙白眼と閑人たちがいっしょに怒鳴りつけた、「先生はお前に出て失せろとおっしゃる、お前まだ聞かないのか！」

阿Qは手を頭の上にのせてよけ、無意識のうちに門の外へ逃げ出したが、外先生は追っかけてもこなかった。彼は六十歩以上も走ってから、やっとゆっくり歩いた、すると心の中に憂愁がわいてきた。外先生は彼に革命を許さない、彼にはもうほかに方法はない。今後もう白い甲、白い鎧の人たちが彼を呼びにくる望みはなくなった。彼のあらゆる抱負、志向、希望、前途はすべて一筆にかき消されてしまった。閑人たちがいろいろいいふらして、小Dや王鬍などの輩に笑い話のタネにされることなどは、もはや二の次の問題であった。

彼はこれまでこのような味気ない気持ちを経験したことはないようであった。彼は自分の巻き上げた辮髪に対して、何だか無意味な、軽蔑すべきもののように思った。復讐のため、すぐにも辮髪を垂らしてやろうかとしきりに考えたものの、しかしやっぱり垂らしはしなかった。彼は夜になるまでほっつき歩いて、二杯の酒をツケにして、腹の中へ飲みこむと、だんだんまた愉快になってきた、思想の中にもまた白い甲、白い鎧の砕片が見えてきた。

ある日、彼はいつものように夜遅くまでほっつき歩いて、居酒屋が戸を閉めるころになって、やっとぶらりぶらりと祠に帰ってきた。

パン、パン……！

彼は突然、一種異様な物音を聞いた、それは爆竹でもない。阿Qはもともと騒ぎを見るのが好きだし、つまらぬことにかかわり合うことが好きである。だから暗闇の中をすぐさま探して出た。前のほうに何か足音がするように思った、彼がじっと耳を澄ましていると、いきなり誰かが向こうから逃げてくる。阿Qはそれを見ると、素早く身をひるがえして、あとについて走った。その者が路を曲がったので、阿Qも曲がった、曲がると、その者は立ち止まった、阿Qも立ち止まった。彼は背後に何らの異状もないことを見て、その者を見ると、小Dであった。

「なあんだ！」と阿Qは不平だった。

「趙……趙家に強盗が入ったんだ！」と小Dはハアハア息を切らしていった。

阿Qの心臓はドキドキ動悸うった。小Dはそういって行ってしまった。阿Qは逃げながら二、三度立ち止まった。だが彼はやっぱり「この路の商売」をやった人間であって、特別に胆ッ玉が太い、路ばたから忍び足で出てきて、じっと様子をうかがうと、何だかざわざわ騒がしいようだ。またよく見てみると、どうやらたくさんの白い甲、白い鎧の人々が、あとからあとからと箪笥長持ちをかつぎ出し、器具調度をかつぎ出し、秀才の女房の寧波式の寝台もかつぎ出したようである、だがハッキリわからないので、彼はもっと前に出ようと思ったが、二つの足が動かなかった。

この夜は月がなく、未荘は暗闇の中でとても静かで、太古の天子の時代のように太平な静かさであった。阿Qは立ち止まりながら自分でも厭きるほど見ていたが、やっぱり前と同じように、そこを行ったりきたりして運び出している、箪笥がかつぎ出され、器具調度がかつぎ出され、秀才の女房の寧波式の寝台もかつぎ出しているようだ、……

彼自身でも自分の眼が信じられないまでにかつぎ出されるのだ。だが彼はもう出て行かないことを決心して、自分の祠に帰ってきた。

土地神の祠はいっそう真っ暗である。彼は門をちゃんと閉めて、自分の部屋に手さぐりで入った。しばらく横になっていて、やっと気を落ちつけ、そして自分の身の上について考えたのである。白い甲、白い鎧の人は本当にやってきたが、彼に声をかけてはくれなかった、たくさんの立派な品物を運び出したが、それも自分の分け前はなかった。……これはすべて憎むべきニセ毛唐が俺に謀叛を許さなかったからだ、でなかったら、このたび俺の分け前がないというようなことがあろうか。阿Qは考えれば考えるだけ腹が立ってきて、ついに満心の痛恨を禁じ得なく、憎々しげにうなずいた、「俺には謀叛を許さず、ただ手前（てめえ）の謀叛だけを許すのか、いまいましいニセ毛唐、——よし、お前は謀叛した！ 謀叛は首斬（くびきり）の罪科（つみとが）だぞ、俺はどうあっても告訴してやる、見ろお前を県庁へつき出して首斬にしてやる、——一家みな殺しの首斬だ、——サッ！ サッ！ と」

第九章　大団円

趙家（チャオけ）に強盗が押し入ったあと、未荘（ウエイチヨワン）の人々はたいていとても痛快に思いながらも、恐れをなしたが、阿Qもたいへん痛快がるとともに、また恐れをなした。だが四日たってから、阿Qは夜半に突然つかまって県城（まち）につれて行かれたのだ。そのときはちょうど闇夜であった。一隊の兵士、一隊の自警団、一隊の警察官、五人の探偵が、こっそり未(ウエイ)荘(チョワン)にやってきて、暗闇に乗じて土地神の祠(ほこら)を取り巻き、門の真正面に機関銃をすえた。けれども阿Qが飛び出してこない。長い間、何の気配もないので、隊長は焦立(いらだ)って二十円の懸賞金をつけた、それでやっと二人の自警団が危険を冒して、塀を乗り越えて中に入って行き、内外呼応して、いっせいにふみ込んで、阿Qをつかまえて出てきた。そのまま祠の外の機関銃のところまでつれ出されたとき、彼はやっとどうやら眼が醒(さ)めたのである。

県城(まち)に入ったときは、もう正午であったが、阿Qは自分が二人の者につかまえられて、とあるボロ役所の中に入り、五、六ぺん路(みち)を折れ曲がって、ひと間の小さな部屋へ押し込まれたことを知った。彼はちょっとよろめいたが、そのとき丸太棒でつくられた柵(さく)の戸が、入った途端に閉められた、ほかの三方はみな壁になっていたが、よく見ると、部屋の隅にはまだ二人の人間がいた。

阿Qは何だか心臓が動悸(どうき)うったけれども、しかしあまり苦悩はしなかった、というのはあの土地神の祠の彼の寝部屋は、決してこの部屋より立派ではなかったのだから。その二人も田舎者らしかったが、やがて彼に話しかけるようになった。一人は挙人旦那(だんな)から彼の祖父が未納のままにしてきた昔の小作料を追求されたのだといったが、もう一人は何のために入れられたのかを知らなかった。彼らが阿Qにたずねると、阿Qはきっぱりと答えた、「俺(おら)あ謀叛(むほん)しようとしたからさ」

彼は午後になるとまた柵の口から引っぱり出されて、大広間につれてこられた。上座には一人の頭をすっかり剃った首領が坐っていた。阿Qは彼は和尚ではないだろうかと思ったが、下手に立っている一列の兵士、両側に立っている十数人の裾長の着物を着た人物(役所の僕役)を見ると、首領のように頭をすっかり丸坊主に剃っているものもあるし、またあのニセ毛唐のように一尺くらい伸びた頭髪を背にバラリと垂らしたものもいる。みんな顔をきつく硬ばらせ、にらみつける眼つきで彼を見ている。彼はこの首領はきっとタダ者ではないとわかると、膝関節がたちまちわれ知らずぐにゃぐにゃになって、跪いてしまった。

「立っていえ！　跪いちゃいかん！」と裾長の着物の人物がみな怒鳴りつけた。

阿Qは承知したつもりではあったが、しかしどうも立ってはいられない気がして、無意識のうちにしゃがんでしまい、そしてとうとうそのまま跪く恰好になってしまった。

「奴隷根性！　……」と裾長の着物の人物はまた軽蔑するようにいった。だが彼をもう立ち上がらせはしなかった。

「お前はほんとうのことを白状しろ、痛い眼を見なくてもすむ。もうみんなわかっているのだ。白状すれば釈放してやろう」とその坊主頭の首領は阿Qの顔をじっと見つめて、静かにハッキリした口調でいった。

「白状しろ！」と裾長の着物の人物も大声でいった。

「わしは前から……やってくるつもりで……」と阿Qはしばらくボンヤリ考えてから、

やっと途切れ途切れにいった。

「では、どうしてこなかったのか？」（こなかった云々は、阿Qはやってきて革命党になるつもりで、といおうとしたのを、ここでは白状するためにやってこなかったのか、の意味にいっている）と首領はおだやかにたずねた。

「ニセ毛唐がわしに許さなかったのです！」

「でたらめをいうな！　いまになってそんなことをいっても、もう遅いぞ。いまお前の一味はどこにいるのか？」

「何ですか？」

「あの晩、趙（チャオ）家に押し入った仲間たちだ」

「あいつらはわしを呼びにこなかったのでございます。あいつらは自分で運んで行きました」と阿Qはその話になるとプリプリした。

「どこへ逃げたのか？　それをいえばお前を釈放してやる」と首領はいっそうおだやかな調子でいった。

「わしは知らないのでございます、……あいつらはわしを呼びにこないで……」

　ところが首領が眼で合図をすると、阿Qはまた柵の中にぶち込まれた。彼が次に柵から引き出されたのは、二日目の午前である。

　大広間の様子はすべて昨日のままである。上座には同じように坊主頭の首領が坐っていて、阿Qは同じように跪いて坐った。

　首領はおだやかにたずねた、「お前いいたいことはないか？」

阿Qはちょっと考えてみたが、何もいうことはない。それで答えた、「ありません」

すると一人の裾長の着物の人物が一枚の紙と、一本の筆を阿Qの眼の前に持ち出して、筆を彼に握らせようとした。阿Qはそのときひどく吃驚(びっくり)した、ほとんど「魂魄(こんぱく)も飛散する」ばかりだった。なぜなら彼の手が筆と係わりをもつのは、その時が最初であったからだ。彼がどんなふうに握っていいのかわからないでいると、その人はまた紙のある一か所を指して、彼に押印(かきはん)を書くようにいった。

「わしは……わしは……字を知らねえです」と阿Qはグッと筆をつかみながら、恐れ入って、また恥じ入っていった。

「それなら、お前のいいようにしてやる、丸い輪を一つかけ！」

阿Qは丸い輪を書こうとした。ところが手に握った筆がただふるえるばかりだ。するとその人は彼のために紙を地べたに伸べてやった。阿Qはうつ伏せになって、一生の力をふりしぼって丸い輪を書く。彼は人から笑われることが心配で、マルく書かねばならぬと志を立てたものの、しかし憎むべき筆はえらく重たいばかりか、彼のいうことをきかない、やっとふるえながら輪のツギ目を合わせようとしたとき、ちょっと外にそれてしまい、瓜(うり)の種のようなものを書いてしまった。

阿Qは自分がまん丸く書けなかったことを恥ずかしく思ったが、しかしその人はそんなことには頓着(とんじゃく)せず、すぐにもう紙と筆とを取りあげてしまうと、数人の者が再び彼をつかまえて行って柵の中へ入れた。

彼は二度目に柵の中へ入ったが、しかし大した苦悩もしなかった。彼は人生天地の間、多分、時には引っぱり出されたり、ぶち込まれたりもせねばならず、時には紙の上に丸い輪も書かねばならぬこともあるだろうと思った。だが輪を書いて丸くできなかったのは、どうしても彼の「行状」のうえでの一つの汚点であった。しかしまもなく釈然とした、彼は思ったのだ、孫の代になったら真ん丸い輪が書けるだろうと。それで彼は眠ってしまった。

ところがその夜、挙人旦那のほうは反対に眠れなかった、彼は隊長と喧嘩(けんか)したからである。挙人旦那は第一に盗品を取り戻さねばならぬことを主張した。隊長は第一に賊を殺して見せしめにせねばならぬことを主張した。隊長は近ごろほとんど挙人旦那を眼中におかなくなっていたが、テーブルをたたき、椅子を打っていった、「一を懲(こら)しめて百を警(いまし)めるのだ！　見られるとおり、わが輩が革命党になってまだ二十日もたたないのに、強盗掠奪(りゃくだつ)事件といえば十数件で、一人も犯人はあがっていない、わが輩の面子(メンツ)はどこにある？　せっかく犯人をつかまえると、貴公は世迷いごとをいう、駄目だ！　これはわが輩の権限だ！」。挙人旦那は困ってしまったが、しかしそれでも執念(しっこ)くいい張って、もし盗品を取り戻すのでなかったら、彼は即時に民政に助力する職務を辞任するといった。だが隊長は「勝手にしたらいい！」といった。それで挙人旦那はその夜、どうしても眠れなかったのであるが、しかし幸いにして翌(あく)る日になっても辞職はしなかった。

阿Qが三度目に柵から引き出されたときは、つまり挙人旦那が眠れなかった夜の翌日の午前であった。彼が大広間につれられて行くと、上座には例によって坊主頭の首領が坐っていた、阿Qも例によって跪いて坐った。

首領はたいへんおだやかにたずねた、「お前何かいいたいことはないか？」

阿Qはちょっと考えてみたが、いうことはない、それで答えた、「ありません」

大勢の裾長の上着や短い上着を着た人物が、突然、彼に一着の金巾（かなきん）の白い袖無（そでなし）を着せた、それには何か黒い字が書いてある。阿Qはとてもやり切れない気がした、というのはそれはまるで喪服を着たようであり、喪服を着るというのは縁起が悪いからだ。だがその時彼の両手は背ろ（うし）に縛りあげられて、同時にまたそのまま役所の外へ引き出された。

阿Qは蓋（おお）のない車にかつぎあげられた、数人の短い上着を着た人物も彼といっしょに坐った。その車はすぐに動き出した。前方には一隊の銃を背負った兵士と自警団がいた、両側には大勢の口を開けた見物人がいた、後方はどうなのか、阿Qには見えなかった。だが彼は突然、これは首を斬られに行くのではあるまいか、という気がした。彼はハッと思った瞬間、両方の眼がくらみ、耳がグヮンと鳴って、気が遠くなりそうだった。だが彼はまったく気が遠くなったのではなく、時には焦々（いらいら）したけれども、時には落ちつきはらっていた。彼は考えにふけりながら、人生天地の間、多分、時には首を斬られねばならぬこともあるだろうという気がした。

彼には路がわかっていた、だから何だかおかしいと思った、どうして刑場のほうへ行かないのだろうかと。それが引き廻（まわ）しにされて、見せしめにされているのだということが彼にはわからなかったのである。だがたとえ知っていたとしても同様で、彼は人生天地の間、多分、時には引き廻しにされ見せしめにされねばならぬこともあるだろうと思うだけだ。

彼は気がついた、これは遠廻りをして刑場に行く路であって、きっと「サッ」と首を斬られに行くのだということが。悄気(しょげ)た気持ちで左右を見ると、すべて蟻(あり)のようにあとからついてくる人々だ、だが無意識のうちに、路ばたの人込みの中から呉媽(ウーマ)を見出した。ずいぶん長く会わなかったが、彼女は城下で働いていたのだ。阿Qはふと自分の元気のないさまをたいへん恥ずかしく思った、引かれ者の芝居唄(うた)一つうたえない。彼の思想はまるで旋風のように頭の中を一廻転した。「若後家の墓参り」の唄では威厳がなく、『竜虎闘』の「悔いても遅い……」もあまりに弱々しい、やっぱり「手に鋼の鞭(むち)をとって汝(なんじ)をば打たん」にしようか。彼はそのとき手をあげようとして、その両手が縛られていることに気がついた、それで「手に鋼の鞭をとって」も、うたわなかった。

「二十年たったらばやがて一個の……」と阿Qは混乱した考えの中で「師なくして自らにして知る」というふうに、これまで口にしたこともない文句を半分だけいった。

「いいぞ!!」と人むれの中から、狼の吼えるような声が飛び出した。

車は休みなく前進する、阿Qは喝采(かっさい)の声の中で、眼を移して呉媽(ウーマ)を見たが、彼女はさっぱり彼を見てくれないようで、ただポカンと兵士たちの背中の鉄砲を見ているばかりだ。

阿Qはそこでもう一度、あの喝采する人々に眼を移した。

その刹那である、彼の思想はまたまるで旋風のように頭の中を一廻転した。四年前のことだった、彼はいつぞや山の麓で飢えた狼に出合ったが、狼は近よりもせず遠のきもせず、いつまでも彼にくっついてきて、彼の肉を食おうとした。彼はそのとき死ぬほど魂消たが、幸い手に一丁の薪割をもっていたので、やっとそれを頼りに胆っ玉を太くして、もちこたえ、未荘まで帰りつくことができた。だがいつまでもあの狼の眼は忘れられない、凶悪な、おびえたような、キラキラする二粒の鬼火が、遠くから彼の肉体に食いこむような。だが今度また彼はこれまで見たことのなかった、もっと恐ろしい眼を見た、にぶくて鋭い、彼のいったことをすぐに咀嚼しただけでなく、彼の肉体以外のものまでも咀嚼しようと、いつまでも遠のかず近づかず彼のあとにくっついてくる。

これらの眼たちがみんな一つになって、もう彼の霊魂に咬みついていた。

「助けてくれ、……」

だが阿Qは言葉には出さなかった。彼はもう両眼が真っ暗になり、耳の中でガンという音がして、全身がまるで微塵のようになって飛び散ったかと思われた。

そのときの影響についていえば、最大のものはやはり挙人旦那であった、とうとう盗品の取り戻しができなくて、一家をあげて泣きさけんだからである。その次には趙家である、秀才が役所に訴えようと城下に出たところ、よくない革命党のために辮髪を切られただけでなく、そのうえに二十円の懸賞金を費消した、だから一家をあげてまた泣きさけんだのである。その日以来、彼らはだんだん前朝の遺臣のようなふうになっていった。

輿論(よろん)はというに、未荘(ウエイチヨワン)では一致していて、もちろん阿Qが悪い、銃殺されたのは彼の悪い証拠だ、悪くなかったらどうして銃殺されるようなことがあろうとみないった。だが城下(まち)の輿論はどうもよくなかった、彼らの大部分は不満で、銃殺は首斬のようなおもしろ味がないといった、それにあいつは何というつまらない死刑囚であることか、あんなに長いあいだ引き廻しにされながら、とうとう芝居唄のひと節もうたえなかった。彼らはムダについて廻ったものだというのであった。

（一九二一年十二月）

家鴨の喜劇

ロシアの盲詩人エロシェンコ君があのギタアを持って北京(ペキン)へきてからしばらくしてのことであるが、私に不平を訴えていった、

「寂しいよ、寂しいよ、砂漠にいるように寂しいよ！」

それは本当のことにちがいなかったろうが、しかし私はまだそういうふうに感じたことはなかった。私は長く北京に住んでいたが「蘭の香っている部屋に入っても、しばらくたつとその香りがわからなくなる」というのだろう、ただひどく騒々しいと思うだけであった。さて私のいわゆる騒々しいというのが、あるいはまたそれがつまり彼のいわゆる寂しいということであるのかもしれないが。

私はだが北京ではどうも春と秋とがないような気がする。北京に長くいる人は、地気が北転した、ここも以前はこんなに暖かくはなかったという。でも私にはどうも春と秋とがないように思われる。冬の末と夏のはじめとが、互いに含み合ってつながり、夏が

やっと去ると、冬がもうはじまるのだ。

　ある日、それは冬末夏初のころであったが、そして夜であったが、私はちょうど暇を得たので、エロシェンコ君を訪ねた。彼はずっと仲密君の家に寄寓していたが、そのとき家のものたちはみな寝てしまっていて、あたりはたいへん静かだった。彼は一人自分の寝椅子にもたれていたが、非常に高い眉の骨は黄金色の長髪のあいだに、ちょっとちぢまって見えた。というのは彼は旧遊の地、ビルマを想い出していたのである、ビルマの夏の夜を。

「こんな夜には」と彼がいった、「ビルマではそこら中いっぱいに音楽だ、部屋の中も、草のあいだも、木の上も、どこでも昆虫が鳴いて、いろいろな音声が合奏になって、とても素敵だ。その間に時として蛇の『スースー』という鳴き声もまざって、だがそれも虫の声といっしょに協和して……」と彼は思いにふけって、当時の情景を追想しようとするかのようであった。

　私は何もいうことができなかった。そんなめずらしい音楽を、私は北京では確かにまだ一度も聞いたことがない。だからたとえどんなに私が愛国者であろうとも、弁護することはできなかった。というのが彼は目は見えないけれども、耳はよく聞こえるのだから。

「北京はそれに蛙の声さえも聞けない……」と彼はまた嘆息していった。

「蛙の声なら聞けるよ！」彼の嘆息は、私を勇猛にさせた。そこで抗議していったのである、「夏になって大雨がふったあと、君はいくらでも蛙の鳴くのを聞くことができる。蛙なら溝の中にいるし、北京は到るところ溝は多いのだし」

「そうか……」

数日たって、私のいったことがついに実証された。それはエロシェンコ君がもう十いくつかの科斗子を買ってきたからである。彼は買ってかえると、それを彼の窓外の、中庭の真ん中にある小さな池に放した。その池は長さ三尺、幅二尺、仲密が掘ったもので、蓮を植える蓮池であった。この蓮池からはこれまで半分の蓮の花も咲き出したのを見たことはなかったけれども、しかし蛙を飼うにはまったく恰好のところであった。

科斗子は群がって隊を組みながら水中を泳ぎまわった。エロシェンコ君もよくぶらりと出てきて彼らを訪問した。あるとき、子供たちが彼に知らせていった、「エロシェンコ先生、蛙に足がはえたよ」。すると彼はうれしそうに微笑していった、「そうか!」

だが池の音楽家を養成するのは、エロシェンコ君の出来心にすぎなかった。彼は従来、自力で食うことを主張して、いつも女は牧畜するがいい、男は農耕するべきだといった。だから親しい友人に会うと、庭には白菜を植えなさいとすすめたが、また仲密夫人にはたびたび蜂を飼いなさい、鶏を飼いなさい、豚を飼いなさい、牛を飼いなさい、駱駝を飼いなさいと勧告したものだ。その後、仲密家には果たしてたくさんの雛子が飼われて、庭中を飛び廻り、松葉牡丹の若芽をすっかり食ってしまったが、多分これは彼の勧告の結果であったのだろう。

それ以来、雛子を売る田舎の人がよくやってきたし、一回くると、何羽かを買った。というのは雛子は便秘を起こしやすく、日射病にかかりやすく、長生きするのがなかなか困難だったからである。しかもその中の一羽はまたエロシェンコ君が北京で書いたただ一つの小説『雛子の悲劇』の主人公にもなった。ある日の昼間、例の田舎の人が意外にも家鴨の雛子をもってきた、シュウシュウと鳴いていた。だが仲密夫人はいらないといった。エロシェンコ君も急いで出てきたが、人々がその家鴨の雛子を一羽、彼の手の中へおいてやると、家鴨の雛子は彼の両手の中でシュウシュウと鳴いた。彼はそれをたいへん可愛いと思った、だからまた買わないではすまされず、みんなで四羽買った、一羽八十文で。

家鴨の雛子は本当に可愛らしかった。全身が松の花粉のような黄色で、地面に放すと、ヨチヨチと歩き、お互いに呼びあって、いつもひとかたまりになるのだった。誰もがいいなアといい、明日は泥鰌を買ってきて食べさせようといった。エロシェンコ君はいった、「その泥鰌代も僕が出していいよ」

そういって彼は講義に出かけて行ったし、みんなもその場から立ち去った。しばらくたって、仲密夫人が残飯をもってきて家鴨の雛子たちにたべさせようとすると、向こうのほうでピチャピチャという水音が聞こえたので、急いで行ってみると、あの四羽の家鴨の雛子はみんな蓮池の中で水浴びをしているばかりか、とんぼがえりを打ったり、ものを食べたりしているではないか。岸の上へ追いあげてみると、池はもうすっかり濁水(どろみず)になってしまい、小半日もして、やっと澄んだのだが、見ると泥の中にはいく筋もの細い蓮の根が露出している。そしてもう足のはえた科斗子は一匹も見出すことができなかった。

「イホシコ先（エロシェンコ先生という発音が明確にできない幼児の言葉）、いないよ、蛙の子は」と夕方になって、子供たちは彼が帰ってきたのを見ると、一番小さい一人が大急ぎでいった。

「ええ、蛙が？」

仲密(チュンミー)夫人も出てきて、家鴨の雛子が科斗子を食べてしまった話を報告した。

「あー、あー！　……」と彼はいった。

家鴨の雛子の黄色い毛が抜けるころになって、エロシェンコ君はだが急に彼の「母なるロシア」が恋しくなって、いそいでチタへ向かって去った。

あたりに蛙の鳴くころになると、家鴨の雛子ももう成長した。二羽は白く、二羽は斑(まだら)だ。そしてもうシュウ、シュウと鳴かないで、みんな「ギャア、ギャア」と鳴いた。蓮池ももう彼らがのさばるには狭すぎたが、幸いに仲密(チュンミー)の住居は低地にあったので、夏雨がひと降りすると、庭の中にはいっぱい水がたまる。彼らはするとうれしそうに泳ぎまわり、もぐり込み、羽根をうちたたきして、「ギャア、ギャア」と鳴く。

今年もまた夏の末から冬のはじめに入ったが、エロシェンコ君からはさっぱり消息がない、果たしてどこらにいるのだろうか。

ただ四羽の家鴨だけが、相変わらず砂漠で「ギャア、ギャア」と鳴いている。

（一九二二年十月）

孤独者

一

私が魏連殳（ウエイリエンシュー）と親しくしたのは、考えてみると風変わりであった、というのが葬い（とむらい）にはじまって、葬いに終わった。

そのころ私はS町にいたが、いつも人々が彼の名前を話題にするのを聞いた、みなが彼を変わった男だといっていた。勉強したのは動物学であったのに、中学校では歴史の教師をやっていた。人に対してはだいたい愛想がよくない、それでいてよく他人のつまらないことに興味をもちたがる。いつも家庭は破壊すべきであるといっていながら、月給をもらうと、きまってすぐ彼の祖母のところへ送金して、一日も遅滞しないというのである。そのほかにもまだいろいろな、こまごました話のタネがあったが、これを要するに町の中では人に話のタネを提供する人だということができた。ある年の秋、私は寒石山（ハンシーシャン）のある親戚（しんせき）の家に遊びに行っていたが、その姓は魏（ウエイ）といって、連殳（リエンシュー）の一族であった。だが彼らは連殳（リエンシュー）のことをあまりよく知らず、まるで外国人あつかいにしていて、「自分たちとはちがう」といっていた。

これは別に不思議ではない。中国に新しい教育が起こってもう二十年にもなるが、寒石山(ハンシーシャン)には小学校さえなかった。この山村中で、ただ魏 連殳(ウェイリエンシュー)だけが外へ出て行って勉強した学生であって、そのため村の人から見れば、彼は確かにちがった人間であった。しかしたいへん羨(うらや)ましがってもいた、彼がお金をうんともうけたといって。

秋の末になって、この山中の村に下痢病が流行した。私も危険だから、町に帰ろうと思っていた。そのとき連殳(リエンシュー)の祖母が病気に感染して、老年のため重態だということを聞いた。山の中のこととて一人の医者もいなかった。いわゆる彼の家族なるものは、実はただこの祖母一人だけで、一人の下女を雇って簡単な生活をしていた。彼は幼年のとき父母に先立たれ、この祖母に養育されて成人したのだ。聞くところでは彼女は以前はいろいろ苦労をしたというが、いまではしかし安楽だということであった。だが連殳(リエンシュー)に妻子がないため、家庭はとても寂しかった。このことが多分、人々のいうちがっているということの一端であったのかもしれない。

寒石山(ハンシーシャン)は町を離れること、陸路で百里(日本の十六、七里)、水路で七十里(日本の十里あまり)で、使いを出して連殳(リエンシュー)を呼びにやっても、往復に少なくとも四日はかかる。山の中の片田舎では、このようなことは、誰もの興味を引く大ニュースだといってよかった。その翌日には彼女の病勢がもはやきわめて重大だということがやかましく伝えられ、連殳(リエンシュー)のところへ特別の使いも出発した。だがその明け方の四時にとうとう息が切れて、最後の言葉は「どうして連殳にひと目あわせてくれないのか？……」ということであった。

一族の頭、近しい親戚、祖母の生家の近親、閑人たちが一室に集まって、連殳が帰りつくと、ちょうど入棺のときになるように予め計画をたてた。棺桶や死装束はもう早くから作ってあったし、その用意に心配はいらなかったが、彼らの第一の大問題はどのようにこの「子に代わって葬儀を主宰する孫」に対処するかであった。なぜなら彼は一切の埋葬の儀式について、必ず新しい方式に変えるだろうと予想されたからである。協議の末に、だいたい三大条件が決められて、彼に必ず実行させることにした。一は白衣を着ること、二は跪いて拝むこと、三は和尚道士を呼んで法事をすることで、これを要するに、すべて旧式のままということであった。

彼らの協議が決定すると、連殳が家につくその日に一同が広間の前に集まり、ちゃんと陣列をしいて並び、相互に策応し、力をあわせてきわめて厳重な談判をすることを約束した。村の人たちはみな固唾を呑んで、物めずらしそうにその消息を聞こうと待った。彼らは連殳が「外国式でメシを食って」いる「新党」であり、これまでどのような理窟にも頓着しないことを知っていた、両方の争いは、おそらくどうしたって開始されるに相違ない、あるいは意外な見ものになるであろうと待ちのぞんだ。

連殳が家についたのは午後であったが、家に入ると、すぐ祖母の霊前に向かってただ腰をちょっとかがめただけであったという。一族の頭たちがすぐに予定の計画どおり実行して、彼を広間に呼んできて、まず長たらしい前置きをならべ、それから本題に入って行き、そして居合わせた者たちが、それぞれにしゃべりまくって、彼に反論の機会をあたえなかった。だが最後にいうだけのことをいいつくして、沈黙が広間いっぱいにみちあふれ、人々は誰もがびくびくもので彼の口を緊張して見ていた。すると連殳（リエンシュー）は顔色一つ変えないで、簡単に返事をした――

「みんな結構です」

これはまた彼らの意外とするところであり、人々の心の重荷はすっかり解きほぐされた、だがまたそれでかえって重さが加わったかのようでもあった。あまりに「ちがっている」ので、逆に何だか心配なようにもなったのである。ニュースを聞いた村の人々もたいへん失望して、口々に噂（うわさ）しあった。「可笑（おか）しいな！　彼は『みんな結構です』といったとよ！　俺たちも行ってみようや！」。みんな結構で旧式どおりであるから、もともと何もめずらしい見ものではないはずだが、しかし彼らはそれでも見たがって、夕暮れになると、おもしろそうに表座敷の前にいっぱい集まった。

私も見物に出かけた一人であるが、その前にひと組の線香と蠟燭（ろうそく）を届けておいた。彼の家に行くと、もう連殳（リエンシュー）は死んだ人のために死装束を着せているところであった。もともと彼は背の低い痩（や）せ細った男で、長く角ばった顔、モジャモジャにした頭髪と真っ黒な鬚（ひげ）と眉毛（まゆげ）が顔の半分ばかりを占めていて、両（ふた）つの眼だけが黒い顔の中にキラキラと光って見えた。その死装束の着せ方もまことにうまいもので、キチンとととのい、まるで納棺式の専門家でもあるかのようで、傍（はた）で見ている者を思わず感嘆させた。寒石山（ハンシーシャン）の習慣として、こんなときには、とにもかくにも、死者の生家の近親者が何かにつけてうるさく小言をいうものだが、彼はただ黙々として、どんな小言を聞いても、そのとおりに改めて、顔色一つ変えない。私の前に立っていた髪の毛の半白になったお婆さんは、羨ましそうに感嘆の声をもらしていた。

その次が拝礼であって、その次が泣き礼であったが、女たちはみなブツクサと小言をいった（連殳が泣かないから）。その次が入棺であり、その次がまた拝礼であり、また泣き礼であった、それから棺の蓋に釘をうってお終いになった。一瞬静かになったかと思うと、突然人々はガヤガヤ騒ぎ出した、驚きと不満の形勢であった。私にも思わずそれはふと気づかれたのだが、連殳は始めから終わりまでひとしずくの涙も落さず、ただ草蓆の上に坐ったままで、両つの眼が黒い顔の中にキラキラ光っているばかりであった。

納棺式はこの驚きと不満の空気のうちに完了した。人々はみな心たのしまぬままに、解散しようとしているようだった。だが連殳はまだ草蓆の上に坐ったまま沈思にふけっていた。突然、彼は涙を流した、つづいて声に出して泣き、たちまちそれが長いうめき声になった、まるで一匹の手負いの狼が、夜中に荒野で鳴き叫んでいるかのようで、傷ましさの中に怒りと悲しみがまざっていた。こんなことは、これまでの習慣としてはないことであったから、はじめに予防することはできなかったし、人々は手足のおきどころもなくあわてた。しばらくためらってからであったが、数人の者が前に出て彼にやめるように勧告すると、だんだんその人数は増えて、とうとうひとかたまりになってなだめにかかった。だが彼はただポツンと坐って泣き叫ぶだけで、鉄塔のように身動きもしない。

人々はそれでやむを得ずおもしろくなさそうに退散したが、彼は泣きに泣いて、およそ半時間もしてから、やっと突然泣きやんだが、弔問客に挨拶(あいさつ)もせずに、さっさと自分の部屋に引きあげた。やがて様子を見に行った者の報告によると、彼は祖母の部屋に入って、その寝台の上に寝ころんで、しかも、どうやらそのまま熟睡したらしいということであった。

二日すぎて、それは私が町に帰るため出立する前日であったが、村の人々がみんな狐にでもだまされたかのように噂しあっているのを聞いた。連殳(リエンシュー)はあらゆる器具の大半を祖母のために焼き、その余りを彼女が生きているとき世話になり、死んでからは最後まで見送ってくれた下女に分けてやり、そのうえ家屋も無期限で彼女に貸して住まわせようとしている。親戚一族がみな舌がしびれ唇がただれるほどいろいろいっても、どうしても阻止することができないということであった。

多分それは大半は好奇心によるものであったろうが、私は帰る途中、彼の家の門口を通りかかったので、ついでにまた立ち寄って弔意をのべた。彼は綻(ほころ)びたままの白衣を着てあらわれた、顔色はやはりいつものように冷やかであった。私は彼をいろいろ慰めた、彼はただ私のいうことにそのまうなずいていた以外には、ただひとことだけこう答えた——

「君の好意を感謝する」

二

私たちが三度目に会ったのはその年の冬のはじめで、S町のある本屋の中であった。互いに同時にちょっと頭を下げた、とにかく知り合いの仲だというところである。それ以来、私たちを接近させはじめたのは、その年の年末に私が失職してからである。だが私はよく連技(リエンシュー)を訪ねて行った。一つには、もとより退屈であったからだが、二つには、人の話によると、彼は性質はあんなに冷やかであるが、失意の人にならかえって近づき親しむと聞いたからでもある。だが世の中の浮き沈みはつねなく、失意の人もいつまでも失意の人ではあり得ない、だから彼にはまた長いつき合いの友だちというのはきわめてまれであった。この噂はやっぱりウソではなく、私が名刺を出すと、彼はすぐに会ってくれた。二間ぶっ通しの客間には、何の飾りもなく、椅子卓子の外は、書架が列(なら)べてあるだけ、人々は彼を怕(おそ)ろしい「新党」だというけれども、書架にはあまり新しい書物はなかった。彼はもう私が失業したことを知っていた。だが決まりきった挨拶の言葉をいい終わると、主客はただ黙々として向かいあうだけで、だんだん気づまりになってきた。私はただ彼がたいへん速いスピードで一本の煙草を吸いおわり、吸いさしが指を焼きそうになってきて、はじめて床に投げ捨てるのを見ていた。

「煙草を吸いたまえ」と彼は手を伸ばして二本目をとりあげるとき、ふとそういった。

私はそれで一本とって、吸いながら、少しばかり講義と書物のことについて話したが、しかしやはり気づまりを覚えた。私がちょうど帰ろうと思っているとき、部屋の外でガヤガヤいう声と足をふみ鳴らす音がひとしきり起こって、四人の男女の子供が駆け込んできた。大きいのは八、九歳、小さいのは四、五歳で、手と顔、および着物がみなひどく汚れていて、そしてたいへん穢らしい。だが連殳の眼からはたちまちよろこびの色がかがやいて、あわてて立ち上がると、客間の隣の部屋に入りながら、こういった――

「大良も二良も、みんなこい！　君たちが昨日ほしいといったハモニカは、もう買ってあるぞ」

子供たちはあとについて、いっせいに群がって入ってきたが、すぐにまためいめいに一つずつハモニカを吹きながら一団になって出て行った、いま客間を出たと思ったら、どうしたのか殴りあいの喧嘩をはじめた。誰かが泣いた。

「一人が一つずつで、みんな同じだ、喧嘩をしちゃいかんぞ！」と彼はあとから追っかけて、いってきかせた。

「こんなに大勢の子供たちは何者かね」と私はたずねた。

「家主の子供たちだ。あの子らは母親がいなくて、祖母だけだ」

「家主は一人者かね？」

「そうだ。彼の細君が死んでからもう三、四年になるだろうが、あとをもらわない。――

—でなかったら、余った部屋を僕のような独身者に貸してくれるはずはない」と彼はいって、冷やかに微笑した。

私は彼がどうしていままでまだ独身でいるのか聞いてみたいと思ったが、しかしそれほど親しくもないし、どうも口に出せなかった。

連殳は一度、親しくなったら、何でも話しあうことのできる人であった。彼は議論がたいへん多く、そのうえときどきとても奇抜なことをいった。うるさい思いをさせられるのは彼にいろんな来客のあることで、彼らは多分『沈淪』（郁達夫の小説の題名）を読んだからであろうが、いつも自分で「不幸な青年」だとか「余計者」だとかいい、蟹のようにだらしなく驕って大きな椅子にうずくまり、力のない声で歎息しながら、眉を皺めて煙草を吸う。そのほかに例の家主の子供たちがいて、よく喧嘩をしたり、碗や皿をひっくり返したり、おやつをねだったりして、頭がくしゃくしゃになるのであった。だが連殳は子供たちを見ると、いつものあの冷やかな調子とはまるでちがって、自分の生命よりも貴いもののように取りあつかう。聞くところでは、あるとき、三良が猩紅熱にかかると、連殳は心配のあまり顔の黒さがますます黒くなったという。ところがその病気は軽かった、それであとになって子供たちの祖母からそれを話のタネにされるのだという。

「子供はとにかくいいのだ。彼らはまったく天真で……」と彼は私が子供をうるさがるのに気がついたらしく、ある日、特別に潮時を見はからって私にそういった。

「そうばかりでもない」と私はいい加減に彼に答えた。

「いや、大人の悪いクセは、子供にはないのだ。あとから悪くなるのは、君がいつも攻撃するような悪いところは、あれは環境が悪くさせるのだ。もともとは決して悪くはない、天真で……。私は中国に希望のもてるのは、ただこの点だけだと思う」

「いや。もし子供の中に悪の根や芽がなかったら、大きくなってどうして悪い花や実になることがあろう。たとえばひと粒の種子がある、その中に、もともと枝や葉や花や実になる胚を含んでいるからこそ、成長したときにそれらのものがでてくる。どうしてそれが訳もなしに……」私は暇なものだから、エライ先生たちが政界を下野すると、途端に精進料理を食い禅学を談るのと同じように、そのときちょうど仏典を読んでいたのだ。仏教の哲理はもちろん何もわかりはしなかったが、ただ出まかせに、いい加減なことをいった。

　ところが連殳は腹を立てた、私をチラリと見ただけで、もう口をきかなくなった。私にも彼が何もいうことがないのか、または、いうことを潔しとしないのか、推測できなかった。だが彼は長いあいだ見かけなかった冷やかな態度をあらわにして、黙々として二本の煙草をつづけさまに吸うのを見た。彼がさらに、三本目の煙草をとりあげるのを見ると、私は逃げ出さざるを得なかった。

　このときの恨みは三か月の長い時間をへてやっと解消したのである。原因は多分、その半分は忘却によるものであったろうし、あとの半分は彼自身がついに「天真」な子供から敵視されるようになったからで、そのため私の子供に対する冒瀆の言葉もやむを得ないとされたのであろう。だがこれは私の推測にすぎない。そのとき、私の寓居で酒を飲んだあとであったが、彼はかすかに悲しみの表情をうかべて、半分ばかり頭をあお向けにしていった——

「考えてみるとまったくおかしなことだと思う。僕がここへくるとき、街上で一人のまだとても小さな子供が、蘆の葉を一片もって私につきつけながら、殺つけるぞ！　といった、その子供はまだあまり歩けもしないのに……」

「それは環境が悪くしたのだ」

私はそういったあとで、すぐに自分の言葉をたいへん後悔した。だが彼は何も気にとめなかったようで、ただ一生懸命に酒ばかり飲んでいた、その合間にはまた一生懸命に煙草を吸った。

「私は忘れていて、まだ君に聞いてみなかったが」と私は別の話をもち出してごまかした、「君はあまり人を訪問しないのに、どうして今日はここにくる気持ちになったのかね？　われわれは知り合ってから一年以上になるが、君が僕のところへきたのはこれが最初だ」

「僕は君に話そうと思っていたところだ。君はどうかここ当分、僕のところを訪ねてこないでくれ。僕のところにはいまイヤな大人と子供がいる、まるでなっちゃいないのだ！」

「大人と子供？　そりゃ誰だね？」と私には不思議だった。

「僕の従兄(いとこ)とその子供だ。ハハ、子供もまったくオヤジと同じだ」

「町にきて君を訪ね、ついでに見物するのかね?」

「ちがう。僕と相談にきたというのだ、つまりその子供を僕の跡継ぎにくれるというのだ」

「ホ!　君の跡継ぎにか?」と私は驚いて叫ばざるを得なかった。「君はまだ細君をもらってはいないのかね?」

「彼らは僕が女房をもらわないことを知っているのだ。だがそれとは何の関係もない。彼らは本当は僕のあの寒石山(ハンシーシャン)のボロ家に跡継ぎをくれようというのだ。僕があれよりほかに何一つもっていないことは、君も知っているとおりだ、銭がひとたび手に入ればすぐ使ってしまう。ただあの一軒のボロ家しかない。彼ら父子の一生の事業というのがあそこを貸して住ませている年老いた下女を追い出すことだ」

彼のその話しぶりの冷やかなトゲトゲしさは、まったく私をゾッとさせた。だが私は彼をなだめていった――

「君の親類もそれほどまでにひどくはないと僕は思う、彼らは思想が少し古いだけだろう。たとえば、君があの年、大泣きしたとき、彼らはみんな熱心に取り巻いて一生懸命に君をなだめたし……」

「僕の父が死んでから、僕の家を奪うために、僕に証書に押印(かきはん)を書かせようとした、僕が大泣きしたときは、彼らはあんなに熱心に取り巻いて一生懸命に僕をなだめたが……

いるかのようであった。

「要するに、問題のカギはすべて君に子供がないことにある。君はどうしていつまでも結婚しないのだ？」と私はふと話の舵を変えることを思いついた、これは長いあいだ聞いてみようと考えていたことだが、いまが一番いい機会だという気がしたのだ。

彼は不思議そうに私を見ていたが、しばらくすると、眼を彼自身の膝小僧の上に移した、それから煙草を吸って、何も返事をしなかった。

三

だが、このまるで味気ない境涯の中にいてさえ、なお連殳を安住させはしなかった。だんだん小型新聞で匿名者が彼を攻撃するようになり、学界でもいつも彼に関するデマが飛んだ。そしてこれはもう以前のような単なる話のタネではなくて、たいてい彼に損害をあたえるものであった。これは彼が近ごろ好んで文章を発表する結果だということを私は知っていたから、あまり気にはかけなかった。S町の人間は誰かが遠慮のない議論を発表することを一番嫌った。そんなことがあると、必ず蔭に廻ってその人をやっつける、それはこれまでがそうであって、連殳自身も知っていることであった。だが春になると、彼はもう校長から辞職を勧告されたということをふと耳にした。このことは私にはいささか唐突に思われた。実をいえば、これも従来がそうであって、自分の知っている人間がそれから幸いに免れることを私が希望したから、唐突に思っただけのことかもしれず、S町の人間が今回だけ特別に悪いというのでもない。

そのころ私はちょうど自分の生計のことで忙しく、一方ではまた同年秋に山陽へ行って教員になることを交渉していたので、彼を訪ねる余裕もなかった。少し暇ができたときになっても、彼が辞職してから多分もう三か月になろうというのに、それでもまだ連殳を訪ねようという気持ちになれなかった。ある日、私は大通りを通っていて、偶然に古本屋の前に足をとめたとき、身ぶるいをしないではいられなかった、というのはそこに並べてある汲古閣初版本の『史記索隠』は、正しく連殳の書物であったからである。彼は書物が好きであったが、しかし蔵書家ではなかった。この書物は、彼にとっては貴重な善本といえるもので、どうにもやむを得ないときでないかぎり、軽々しく売り払うことのできないものであった。彼はこれまで銭を手にするとすぐ使ってしまうし、何の貯蓄もないわけではあるが、それにしても失業してまだ二、三か月にしかならないのに、これほどまでに貧乏していようとは！　それで私は連殳を訪ねる決心をして、ついでに街で一本の焼酎と、二包みの南京豆と、二個の燻製魚とを買った。

彼の部屋の扉は閉まっていて、ふた声呼んだが、返事はなかった。私は彼は眠っているのではなかろうかと思い、いっそう大声を出して呼び、そして手を伸ばして部屋の扉をたたいた。

「出かけたんでしょう！」と大良（ターリャン）たちの祖母、あの三角眼の太った女が、向かい側の窓から半白の頭をつき出して、大声で、うるさそうにいった。

「どこへ行ったんですか？」と私はたずねた。

「どこへ行ったかって？ 知りませんね。――あの人はどこへも行けませんよ、待っていたらいいです、すぐに帰ってきますよ」

私はそれで扉を押して彼の客間に入った。まことに「一日見ざれば、三秋を隔つるが如（ごと）し」で、眼にうつるものすべてが傷ましさと空しさである、器具がほとんど残っていないどころか、書籍もただS町では決して人の買わない洋装本が数冊残っているだけだ。部屋の真ん中には円い卓子がまだある。以前にはいつも憂鬱慷慨（ゆううつこうがい）の青年や、才を抱きながら不遇の士や、きたならしい喧嘩をする子供たちが取り囲んでいたものだが、いまではたいへん静かになって、その表面にはうすい層をなしてホコリが蔽（おお）っている。私は卓子の上に酒罎（さかびん）と紙包とを置いて、椅子を引きよせると、卓子の傍によっかかり、入口の扉と向かいあって腰をおろした。

たしかにそれは「しばらくのあいだ」であった、入口の扉が開いて、しょんぼりとした影のような男が入ってきた。正しくそれは連殳（リエンシュー）である。あるいは夕暮れに近かったせいであるかもしれないが、見れば何だか前よりももっと黒いような気がした、だが精神は前と変わらなかった。

「あ！ 君はここにきていたのか！ 長いこと待ったのかね？」と彼はよろこんでいる

ようだった。

「長いことでもない」と私はいった、「君はどこへ行ったのかね？」

「どこへも行かない、ちょっと散歩しただけだ」

彼も椅子を引きよせて、卓子の傍に腰をおろした。私たちはそれから焼酎を飲みはじめるとともに、一方では彼の失業のことについて話した。だが彼はそのことについてはあまり話すのをよろこばなかった。彼はそれは予期したことであり、自分がいつも出合っていることであって、別に何でもないし、話すほどのことでもないと思っていた。彼はいつものようにただ一心に焼酎を飲み、また相変わらず社会と歴史に関するいろんな議論をはじめた。どうしたわけか私はそのとき空っぽの書架をながめ、そして汲古閣初版本の『史記索隠』を思い出し、ふと一種の淡い漠然とした孤寂と悲哀を覚えた。

「君の客間はこんなに荒れさびれて……。近ごろ客は多くないのかね？」

「ないんだ。僕の気分がおもしろくないので、きてもつまらぬと彼らは思うのだ。気分がおもしろくないと、実際、人をたのしませないのだから。冬の公園には、誰も寄りつかない……」と彼はつづけさまにふた口酒を飲み、黙々と考えこんでいたが、突然、顔をあげて私を見ながらいった、「君のありつこうとしていた職業もいっこうハッキリしないのかね？」

私は彼は少しもう酔っていることはよくわかっていたが、しかし腹が立ってきて、何かいってやろうと思ったとき、見ると彼は耳をそばだててじっと聞いていたが、ひと握りの南京豆をつかむと、出て行った。部屋の外では大良たちの笑い騒ぐ声がしていた。だが彼が出て行くと、子供たちの声はぴたりと静かになり、そしてみんな逃げて行ったらしい。彼は追っかけて行って、何かいったが、それに答える声は聞こえなかった。彼はまた影のように打ちしおれて引き返し、ひとつかみの南京豆を紙包みの中へ抛りこんだ。

「僕のやるものさえ食おうとしないのだ」と彼は低い声で、あざ笑うようにいった。

「連殳」と私は悲しい気がして、しかし無理に微笑をつくって、いった、「君はあまりに自分から苦しみを探しているのだと僕は思う。君はあまりに世間を悪いものに見ている……」

彼は冷やかにちょっと笑った。

「私の話はまだ終わっていないよ。君はわれわれに対して、たまたま君を訪ねてきたわれわれに対しても、ヒマなものだから、それで君のところにやってきて、君をヒマつぶしの材料にしようとするのだと思うのかね?」

「そんなことは決してない。だが時にはそんなふうにも思う。ひょっとしたら、何か話のタネを探しにきたんではないかと」

「それは君の考えちがいだ。人間は本当は決してそんなものではない。君はまったく自分から一本糸の繭をつくって、自分をその中に包み込んでいるのだ。君は世の中を少し明るく見なければいけない」と私は歎息していった。

「あるいはそうかもしれない。だが、その糸はどうしてできたものだと君は思うのかね、――もちろん、世の中にはそんな人もたくさんいる、たとえば、僕の祖母がそうだ。僕は彼女の血を分けてもらってはいないけれども、しかし彼女の運命を受けついでいるかもしれない。だがそれはどうでもいいことだ、僕はもう前にいっしょにして泣いたのだから……」

私はすぐに彼の祖母の納棺式のときのことを思いうかべたが、まるで眼の前に見るようだった。

「僕はどうしてもあのときの大泣きがわからないが……」そこで唐突に聞いてみた。

「僕の祖母の入棺のときのことかい？ そうだ、君にはわからない」と彼は燈火（あかり）をともしながら、冷静にいうのであった、「君と僕との交際は、あのとき泣いたのが原因（もと）になっているにちがいないと僕には思われる。君は知るまいが、この祖母は、僕の父の継母（ままはは）なのだ。父の生母は、父が三歳のときに亡くなった」と彼は考え込みながら、黙々として酒を飲んで、燻製（くんせい）の魚を一つ食べてしまった。

「そんな昔のことは、僕は知らない。ただ僕は小さいときからどうもわからない気がしていた。そのころ僕の父がまだ健在で、家の暮らしもよかったが、正月には必ず先祖の画像を掛けて、盛大にお祀（まつ）りしたものだ。いろんな盛装の画像を見ながら、僕にはそのときは滅多（めった）に得られない眼の仕合わせであるように思えた。だがそのときのことだ、僕を抱きながら一人の女中が一幅の画像を指していった、『これがあなた自身のお祖母（ばあ）さんです、拝みなさいよ、元気であなたを早く大きくしてくださるように』と。僕には現にいま一人の祖母がいるのに、どうしてまた『自身の祖母』とかいうものがあるのか、まったくわからなかった。だが僕はこの『自身の祖母』を愛した。彼女は家の祖母のように年老いてはいなかった。彼女は若くて、きれいで、金模様の紅い着物を着て、真珠の頸飾をつけて、僕の母親の画像とあまりちがわなかった。僕が彼女を見ていると、彼女も僕をじっと見たし、そのうえ口のあたりには次第に笑いの影が増してくる、僕には彼女がきっと僕をたいへんに愛していることを知った。

けれども私はあの家の祖母も愛した、終日、窓の下に坐って、ゆっくりと針仕事をしている祖母。僕がどんなにたのしく彼女の眼の前で遊び、彼女に呼びかけても、彼女をそれで欣ばせたり笑わせたりすることはできず、いつも僕には冷やかで、ほかの家の祖母たちとは少しちがっていると思えたのであるが、しかし僕はやっぱり彼女を愛した。けれどもあとになると、僕はだんだん彼女から離れていった。それは僕が年をとってきて、彼女が僕の父の生母でないことを知ったからだというのではなく、終日、終年の機械のような針仕事を見飽きてしまい、やり切れなく思うようになったからである。だが彼女はやっぱり前と同じように針仕事をして、僕の世話を見、また僕をかばってくれた。笑顔を見せることは滅多になかったけれども、しかし叱りもしなかった。僕の父が死んでからも、やはりそうだった。後には、僕たちはほとんどみな彼女の針仕事のおかげで生活できた。もちろんそれは僕が学校に入るまで、ずっとつづいて……」

燈火(あかり)は薄暗くなり、石油はもう尽きそうになった。彼は立ち上がって、本棚から一つの小さなブリキの壺(つぼ)を探してきて石油をつぎ足した。

「この一か月のうちに、石油はもう二度も値上がりしたが……」と彼は燈火のシンを捩(ね)じ廻して上げて、ゆっくりといった、「生活は毎日苦しくなって行くようだ。――彼女はその後もやっぱり同じように、僕が学校を卒業して仕事にありつき、生活が前より多少安定してもつづけていた。多分それから彼女が病気になって、本当に堪(た)えられなくなり、やむを得ず寝込んだときまでつづいたのだと思うが……。

彼女の晩年は、僕の見るところでは、とにかくそれほど不幸だとはいえないと思う。長生きもしたのだし、本当は僕が涙を流すまでもなかった、まして泣く人は大勢いたのだから。前には一生けんめい彼女をいじめた人たちまでも泣いた。少なくともたいへん悲しげな顔つきをしていた。ハハ！……だが僕はそのとき、どうしたのか知らないが、彼女の一生、われとわが手で孤独をつくりあげ、またそれを口に入れて咀嚼(そしゃく)した人間の一生を、眼の前に縮小して思いうかべた。そしてまたこのような人間はほかにもかなり多いのだという気がした。これらの人たちは、僕をたいへん泣き悲しませるのだ、だが多分それはまた僕がそのときあまりに感情的になっていたせいであるかもしれないが……。

君のいま僕に対する意見は、つまり僕が以前、彼女に対してもった意見にほかならない。だが僕のあのときの意見は、実は正しくなかったのだ。僕自身としても、多少世の中のことがわかるようになってからは、確かにだんだんと彼女と離れて行ったのだが……」

彼は沈黙した、指の間に煙草をはさみながら、頭を垂れて、思いにふけっていた。燈火はかすかにふるえていた。

「ああ、人がもし死後に一人として泣いてくれる者もなかったとしたら、それは容易ならぬことだね」と彼はひとりごとのようにいった。ちょっと間をおいてから、顔をあげて僕に向かっていった、「多分、君は僕のためにどうかしてくれることはできないだろう。僕としては早く何か仕事を探さねばならない」

「君はほかにもう頼むような友だちはいないのかね?」私はそのとき何もこれという考えを持ち合わせなかった、私自身のことすらも。

「そりゃ多分、まだ何人かはいるだろう、だが彼らの境遇もみんな僕と似たりよったりで……」

私が連殳(リエンシュー)に別れをつげて門を出たとき、まんまるい月がもう中天に昇っていた、たいへん静かな夜であった。

四

山陽(シャンヤン)の教育の仕事も情況はあまりよくなかった。私は学校に赴任して二か月、一文の給料ももらえないで、やむを得ず煙草まで節約せねばならなくなった。だが学校の人たちは、月給十五、六円の小職員でも、誰も何の不平もなくつとめていて、だんだん我慢を重ねてできあがった銅か鉄のような筋骨で、真っ黒になって朝早くから夜までずっと仕事をつづけているのだった。その間に身分のやや高い人物を見ると、うやうやしくたち上がらねばならないのである。まったくのところみんな必ずしも「衣食足って礼節を知る」というようなことのない人民であった。私はこのような事情を見るにつけても、どうしたのかは知らないが、よく連殳(リエンシュー)が別れるとき私に頼んだことを思い出した。彼はそのころ生活はもういっそう苦しくなっていて、困窮の様子をいつもあらわに見せ、もう以前の落ちついたふうは見られないのであった。私が出発しようとするのを知ると、真夜中にたずねてきて、しばらくのあいだぐずぐずしていて、最後に口をもぐもぐさせながら切り出したものである――

「向こうに何かうまい口は見つからないかしら？　――つまり筆写でも、ひと月に二、三十円でもいいのだが。僕は……」

私はどうも不思議でならなかった、彼がとうとうこれほどまでに変わったことをはかりかねて、すぐには口もきけなかった。

「僕は……、僕はまだしばらく生きねばならない……」

「向こうに行ったら探してみよう、きっと努力して考えてみるよ」

それはその日、私が言下に承諾した返事であったが、あとになっては、いつも自分でその返事の言葉が耳につき、眼の前には同時に連殳の顔形がうかび、そしてまた口をもぐもぐさせていった「僕はまだしばらく生きねばならない」という言葉がうかんだ。そのようなとき、私はあれこれと考えていろいろなところへ彼を推薦してみた。だがどんな効き目があったのだろうか、仕事は少なく人は多い、結果は頼んだ人が私に生憎だがという文句の返事をし、私がそして彼に生憎だがという文句の手紙を書くだけであった。

一学期がもう終わろうとするころ、事情はもっと悪くなってきた。その地方の数人の紳士たちの出していた『学理週報』という雑誌が、とうとう私を攻撃し出したのだ。もちろんハッキリ名指しはしていなかったが、しかし文章のアヤをうまく使っていて、一見私が学校騒動を煽動しているように思わせるものであったし、連殳を推薦したことさえ、仲間を引っぱり込むものだとされた。

私は、じっとして身動きもしないでいるより仕方がなかった。授業に出る以外は、扉を閉めて部屋の中にかくれていた、時には煙草の煙が窓から出るのさえ、学校騒動を煽動するとの嫌疑をかけられるのではないかと心配した。連殳のことなどは、もとよりお話にもならなかった。このような情況で真冬までつづいた。

ある日、一日中雪が降って、夜になってもまだ降りやまなかったが、屋外の一切のものは静まりかえって、静かさの音までも聞こえるようであった。私は小さな燈火の光の中で、眼を閉じたままじっと坐っていた。雪片がひらひらと舞い落ちて、一望無限の積雪をいっそう降り増しているのが眼に見えるようであった。故郷でも年越しの準備に、人々はたいへん忙しくしていることだろう。私自身まだ子供であったころ、後庭の平坦（へいたん）なところに仲間の幼い友だちといっしょに雪達磨（ゆきだるま）をつくった。雪達磨の眼は二つの小さな炭をはめ込んでつくった。その色は真っ黒であった、とチラリと閃（ひらめ）いた途端に、それが連殳（リエンシュー）の眼に変わっていた。

「僕はまだしばらく生きねばならない！」やっぱりあの声である。

「何のためにだ！」と私はいわれもなくそう問（たず）ねた、すると自分でも可笑しくなった。

この可笑しな問題は私の意識をハッキリ呼びさまして、からだを坐りなおすと、一本の煙草に火をつけた。窓を推して戸外を一望すると、雪はなおもいっそうはげしく降っていた。誰かが入口の扉をたたく音が聞こえた。やがて、誰かが入ってきた、だがそれは聞きなれた下宿のボーイの足音であった。彼は私の部屋の扉を押しあけると、私に一通の六寸以上もある手紙を渡した。文字は走り書きである、だがひと目で「魏（ウェイ）より」という文字を認めた、連殳（リエンシュー）からきたものである。

それは私がS町を離れて以後、彼がくれたはじめての手紙であった。私は彼が物臭さで、もともとさっぱり消息（たより）がないからといって不思議とも思わなかったが、しかし時には彼が何の消息（たより）もくれないことをかなり不満にも思った。この手紙をもらうと、しかしまた何だか奇妙な気にもなってきて、急いで封を切って開けてみた。中も同じような走り書きの字体で、こんなことが書いてあった——

申飛(シエンフエイ)……。

僕は君に何という尊称をつけたらいいのだろう。僕は空けておいた。君が何でも好きなように、自分でつけておいてくれ。僕はどうでもいいのだから。

別れて以来、都合三通の手紙をもらったが、返事を書かなかった。その原因はきわめて簡単だ。僕には切手を買う銭さえなかったからだ。

君はあるいは何か僕の消息を知りたく思ったのかもしれない、いまありのまま君に話をしよう。僕は失敗したのだ。以前、僕は自分で失敗者だと思っていたが、いまになってはそうでもなかったと思う、いまは本当の失敗者になってしまった。以前は、まだ僕に生きてもらいたいと思ってくれる人がいたし、僕自身もまたしばらく生きたいと思ったが、その時には、生きて行けなかった。いまはもう、すっかりその必要はなくなったが、しかし生きて行こうと思う……。

だが、それならば生きて行けるか？

僕にしばらく生きてもらいたいと希望した人は、その人自身が生きて行けなくなった。この人はもう敵方に誘(おび)き殺されてしまった。誰が殺したのか？誰もそれは知らない。

人生の変化はどんなに迅速(すみやか)であることか？　この半年来、僕はほとんど乞食であった、実際、それはもう乞食をしたといってもいい。だが僕にはまだやりたいことがあったから、そのために僕は甘んじて乞食をしたし、そのために凍え飢えたし、そのために寂しがったし、そのために苦労した。だが滅亡はしたくなかったのだ。どうだ、僕にしばらく生きてもらいたいと希望した人の、その力はこれほどまでに大きかった。だがいまではもういなくなった。そんな人は一人もいなくなったのだ。同時に、僕自身も生きて行くに値いしないことを知った。ほかの者は？　やっぱり値いしないのだ。同時に、僕が生きて行くことを希望しない人間たちのために、僕自身どうしても生きて行ってやろうという気になった。幸いなことに僕が立派に生きて行くことを希望した人はもういなくなった、もう心配してくれるものは誰もいない。このような人に心配させることを、僕は希望しないのだ。だがいまはいなくなったし、そんな人は一人だっていないのだ。愉快きわまりなしだ、安心きわまりなしだ。僕はもう僕が以前に憎悪し、反対した一切のことを実行する。僕は以前に尊敬し、主張した一切のものを排斥するのだ。僕はもう本当に失敗した――そして僕は勝利したのだ。

君は僕が狂ったとでも思うのか？　君は僕が英雄か偉人になったとでも思うのか？　ちがう、ちがうのだ。この事情はきわめて簡単だ、僕は近ごろ杜(トゥ)師団長の顧問になったのだ。毎月の俸給が現金で八十元だ。

申飛(シェンフェイ)……。

君は僕をどのような男だと思うか、君自身で決めたらいい、僕はどうでもいいのだから。

君はいまでも僕の以前の客間を覚えているだろう、われわれが町ではじめて会い、また別れたときの客間だ。いまもなお僕はあの客間を使っている。ここには新しい客が、新しい贈り物が、新しい頌め言葉が、新しいもぐり込み運動が、新しい叩頭と会釈が、新しい麻雀遊びと拳遊びが、新しい冷眼と嘔吐が、新しい不眠症と喀血とがある……。

君はこの前の手紙で君の教員生活はたいへん不如意だといった。君が希望ならば顧問になったらどうか？　僕にいってくれたら、僕は君のために尽力する。本当いえば門番になってもいいわけで、同じように新しい客と新しい贈り物、新しい頌め言葉、……があるのだ。

こちらは大雪が降っている。君のほうはどうか？　いまもう真夜中だが、二回喀血して、僕は気持ちがハッキリしてきた。君が秋以来つづけて三通手紙をくれたことを覚えている。これはどんなに驚異すべきことであるか。僕は君に何か消息をせねばならなかったのだが、君は多分、吃驚仰天したというほどでもないであろう。

今後、僕はおそらくもう手紙を書かないであろう。僕のこの習慣は君は前からよく知っているとおりだ。いつ帰ってくるのか？　もし早ければ、会うことができる。――だが、僕たちは多分、結局は同じ路は行かないだろうと思う。とすれば、君はどうか僕のことを忘れてくれたまえ。僕は心から君がこれまでいつも僕の生活のために心がけてくれたことを感謝する。だがいまは僕のことを忘れてくれたまえ。僕はいまではもうよくなったのだから。

連殳　十二月十四日

これは何も私を「吃驚仰天」させはしなかったのだけれども、しかしザッと読んでから、もう一度よく読んでみて、どうも何だか気持ちはよくなかった。だが同時にまた何だかせいせいした気持ちもいっしょにまざった。そして彼の生活はとにかくもう問題ではなくなったし、私の肩の荷はおろせると思った、その点では、私はいつもうまい工夫もつかないでいたのであるが。ふと彼に手紙を書いて返事をしようかという気にもなったが、しかしそれも何もいうべきことはないと思って、その考えはすぐに消えてしまった。

　私は確かにだんだん彼のことは忘れていた。私の記憶の中には、彼の面影はもういつもあらわれはしなかった。だが手紙をもらってから十日もたたないうちに、S町の学理七日報社から突然つづけさまに彼らの「学理七日報」を郵送してきた。私はあまりそのようなものを読まなかったが、寄送してきたのだし、気の向いたときにページをめくった。それは私に連殳のことを思い出させた、というのが、その中にはよく彼に関する詩文がのっていたからである、たとえば「雪の夜に連殳先生に面謁す」とか「連殳顧問の高斎雅集」などなどが。あるとき、「学理閒譚」という欄にはおもしろ可笑しく、彼について以前伝えられた笑い種になる話が書いてあり、それを「逸聞」だといって、その言外に「非凡な人間は、必ず非凡なことをする」という意味が大いに含められていた。

　そんなことから彼を思い出しはしたものの、どうしたのか彼の面影のほうはどんどんうすれて行った。だがまた私とは日々密切な関係を加えているような気もしたりして、ときどきふと一種の自分でもわけのわからない不安ときわめて軽微な震えとを覚えた。

幸いにして秋の末になると、この「学理七日報」はもう寄送してこなくなった。山陽(シャンヤン)の「学理週報」にはしかし毎号にわたって、「流言すなわち事実論」という長論文がのった。その中では某君に関する流言は、すでに公正な紳士のあいだでは盛んに喧伝(けんでん)されている、と書かれていた。これは誰彼をハッキリと指していっていて、私もその中にあった。私はきわめて用心深く、例のごとく煙草を吸う煙さえも、飛びちらないようにと気を配っていなければならなかった。用心深くすることには、一種の忙しい苦痛があり、このために一切のことをみな打ち捨ててしまわねばならず、もちろん連殳(リエンシュー)を思い出すようなヒマはなかった。これを要するに、実のところ私はもう彼のことは忘れていた。

だが私もとうとう暑中休暇までは我慢ができず、五月の末に山陽(シャンヤン)を離れた。

五

山陽(シャンヤン)から歴城(リーチョン)へ、歴城(リーチョン)から太谷(タイクー)へと、あわせて半年以上転々とした揚げ句、ついに何の仕事も探しあてることができず、私はまたS町に帰ってくることを決心した。着いたときは春のはじめの午後であった、空模様は雨をもよおして降りもせず、一切のものが灰色の中につつまれていた。もとの下宿にまだ空いた部屋があったので、やっぱりそこに居ついた。道すがら、連殳(リエンシュー)のことを思い出したのだが、あとで、夕食をすませてから彼をたずねることにした。私はふた包みの聞喜(ウエンシー)(地名)名産の餅菓子(もちがし)を手みやげに、じめじめした路(みち)をずいぶん歩いて、路の真ん中に寝ころがっているたくさんの犬を避けながら、やっと連殳(リエンシュー)のいる家の門前にたどりついた。中は何だか特別に明るいようであった。顧問になると、家の中まで特別に明るくなってくるのだと思って、暗がりの中で私はふと笑い出した。だが顔をあげて見ると、入口のところが白くなっている、それは一枚の斜めに張られた四角い紙(忌中のしるし)であることがハッキリわかった。私はそれで大良(ターリャン)たちの祖母が死んだのだろうと思った。すぐ門を入ると、そのまま中へ入って行った。

かすかな光に照らし出された中庭には、棺桶(かんおけ)がおいてあって、そのそばに一人の軍服を着た兵隊が、あるいは従卒かと思われたが立っていた。またほかにその男と話をしている者がいたが、見るとそれは大良(ターリャン)の祖母であった。そのほかにも数人、短い上着とズボン姿の人夫がぼんやり立っている。私の心は急にドキドキしてきた。彼女は顔をこちらに向けて私を見つめた。

「ああ？　あなたはお帰りになったんですか！　どうしてもう四、五日早く……」と彼女はふと大きな声で叫び出した。

「誰が……誰が亡くなったんです？」と私はその実もうだいたいわかっていたのだが、しかしやっぱりそうたずねた。

「魏(ウエイ)の旦那(だんな)さまが、一昨日なくなられました」

私はあたりを見まわした、客間の中はうす暗かった、ランプが一つともされているだけのようだった。広間には白い葬礼の幕が張られていて、数人の子供たちが部屋の外に集まっていたが、それは大良（ターリヤン）や二良（アルリヤン）たちであった。

「あの方はあそこで休んで（死んでの意味）いられます」と大良（ターリヤン）の祖母はこちらへ歩みよって、指しながらいった、「魏（ウェイ）の旦那さまが出世なさってからは、私は広間をあの方にお貸ししたのです。あの方はいまあそこに休んでいられます」

葬礼の幕のところには別に何もない、前方には一台の長卓（ながづくえ）、一台の方卓（かくづくえ）がある。方卓の上には十ばかりのお碗（わん）に盛った御飯やお菜（かず）がならべてある。私がその部屋へ一歩入ると、いきなり二人の白い裾長（すそなが）の着物を着た男があらわれて押しとどめた、死んだ魚のような眼を見はって、そこからキョトンとした疑わしげな光を出して、私の顔に釘（くぎ）づけにした。私はあわてて、私と連殳（リエンシュー）との関係を説明したが、大良（ターリヤン）の祖母もそばにきて証明してくれたので、彼らの手と眼はそれでようやく緩（ゆる）められ、私が近寄っておじぎをするのを黙許した。

私がおじぎをすると、足もとのところでふと誰かウーウーと泣き出した。よく見てみると、十歳あまりの子供が草蓆（くさむしろ）の上にうつ伏せになっている、白い着物を着て、髪を短く剃（そ）った頭には大きな苧麻（おま）の縄を巻いていた。

私はその男たちと挨拶（あいさつ）をしてからわかったが、一人は連殳（リエンシュー）の又従兄弟（またいとこ）で、一番近しい親族であった。一人は遠縁の甥（おい）にあたる者であった。私は故人をひと目見たいと頼んだが、彼らは強く引きとめて、「それには及びません」というのだった。だがとうとう私に説き伏せられて、葬礼の幕を掲げた。

いま私は死んだ連殳に面会したのだ。だが不思議なことに、彼は一着の皺くちゃになった短い上着とズボンを着ていたが、襟のところにはまだ血痕があり、顔は極端に痩せ細っていた。しかしその面影は前と変わらず、むしろ心安らかに口を閉じ、眼を合わせ、眠っているかのようであった、もし私が手を彼の鼻先きに伸ばして試して見たら、彼はまだ本当に呼吸をしているかとさえ思われた。

一切が死と同じく静かだった、死んだ人も生きている人も。私はその場を引きさがった。彼の又従兄弟は私のそばにきてお愛想をいった、「舎弟」はまだ年も若く元気で、前途は無限であったのに、にわかに「亡くなって」しまった、これは「一族」の不幸であるばかりでなく、友人をもたいへん悲しませることであるといった。その言外には連殳に代わって詫びているという意味が含められていた。このようなウマイ言い方ができるのは、山の中の村の人にはめずらしかった。だがそれからは押し黙ってしまい、一切が死と同じく静かであった、死んだ人も生きている人も。

私は何かたいへん味気ない気持ちで、どんな悲しみもわいてこなかった。それで中庭に引きさがって、大良たちの祖母とムダ話をはじめた。納棺の時がせまっていて、ただ死装束が送られてくるのを待っているだけだということがわかった。棺桶に釘をうつときは「子、午、卯、酉」の年に生まれ合わせたものはその場を避けねばならなかった。

彼女は興奮してしゃべり、まるで川の水が流れるように滔々とまくしたてた、彼の病状について語り、彼の生きていたときの情況を語って、それに彼についての批評もいくらかつけ加えた。

「あなたに申し上げますが、魏の旦那さまは出世なさってから、まるで前とは人間がちがいましたよ、顔を高くあげて、元気にあふれていました。人に対しても、もう前のように無愛想ではなくなりました。御存知のように、あの方は以前はまるで啞子のようで、私にも御隠居さんと呼んだりしていましたね、のちには『老いぼれ』と呼んだのです。ああ、本当におもしろうございました。人があの方に仙居（山の名前）の山薊（草薬）を送ると、あの方は自分では口にもしないで、中庭——つまりここへ投げ捨てて、いうのです『老いぼれ、お前さんが飲んだらいいよ』と。あの方が出世なさってから、たくさんの人が出入りするので、私は広間をあの方にお貸しして住んでもらい、自分たちはこちらの脇部屋に移ったのです。あの方は運が向いてくると、ほかの人とはまるでちがっていて、私たちはいつもそんなふうに冗談をいい合いました。もしあなたがもう一か月早くおいでになったら、ここの賑やかさを御覧になれましたのに、三日にあげず、拳を打っては酒もりです、しゃべったり、笑ったり、唱ったり、詩をつくったり、麻雀をしたり……。あの方は前には子供がきらいでした。子供たちが年寄りをいやがるよりもまだきらいで、いつも低い声をして息を殺していました。それが近ごろではまるでちがい、よくしゃべり、よく騒ぎ、私どもの大良たちも大よろこびであの方と遊んだのです、ヒマさえあれば、みんなあの方の部屋に行くのです。あの方もいろいろな方法で遊んでやりました、あの方に何か買ってもらいたいというと、あの方は子供に犬の鳴きまねをさせるか、または一つコツンとひびく叩頭（おじぎ）をさすのです。ハハ、本当に賑やかに暮らしました。二か月前、二良（アルリャン）はあの方に靴を買ってほしいといって、三つコツンとひびく叩頭をしたのですよ。見てください、いまはいているあれです、まだ破れていないでしょう」

一人の白い裾長の着物を着た人があらわれると、彼女は口をつぐんだ。私は連殳（リエンシュー）の病状について聞いてみたが、彼女はしかしあまりハッキリとは知らなかった。どうもずっと前からもう痩（や）せてきていたようであるが、しかし誰も気がつかなかった、それは彼がいつも愉快そうにはしゃいでいたからだといった。一か月ばかり前になって、はじめて彼が二度、喀血（かっけつ）したことを聞いた、しかしそれでも医者に診てもらわなかったようだ。やがて寝込んでしまった。死ぬ三日前には、もう喉（のど）から声が出ず、ひとことも口をきかなくなった。十三大人（シーサンターレン）が寒石山（ハンシーシャン）からはるばる遠路を町に出てきて、彼に貯蓄があるかとたずねたが、彼はひとことも声が出なかった。十三大人（シーサンターレン）は彼がわざとそうしているのではないかと疑った、だが肺病で死ぬ人は何かいおうとしても何もいえないのだという人もいたが、それはどうだかわからない……。

「けれども魏（ウェイ）の旦那さまの性分もひどく変わっています」と彼女は突然、低い声でいった、「あの方はお金を蓄（た）めることなどちっとも考えず、湯水のように使ってしまいました。十三大人（シーサンターレン）はまた私どもが何かウマイことをしたように疑ったのですが、何もウマイことなんかするものですか。あの方はまったく無茶苦茶に用（つか）ってしまったのです。たとえば品物を買うにしても、今日買ってきたかと思うと、明日はそれを売っ払うのです。でたらめで、まったく何のことかワケがわからないのです。死んでしまうと、何もありません、まったく無茶苦茶です。もしそうでなかったら、今日の葬式もこれほどさびしいものではなかったはずですが……。

あの方はまるで投げやりで、ちっとも真面目なことをなさろうとしないのです。私はそれを思って、あの方に注意してあげました。いい年をしながら、家庭をもたなくちゃいけません。いまの生活から見て、相当なお家から奥さんを迎えることは何でもない、もし釣り合いの相手が見つからないのであったら、まずお金を出してお妾（めかけ）さんでも買えばいい、人間はどうしたって人間らしい暮らしを立てなければならないのだからといって。だがあの方はその話を聞くと笑い出して、おっしゃるのです、『老いぼれ、お前さんはいつもそんな人のおせっかいばかりするのだな』と。なんともはや、あの方は近ごろではちゃらんぽらんで、人のまともな話を、まともに受けとらないのです。もしもっと早く私のいうことを聞いていられたら、いまごろひとりぼっちであの世をさ迷うということもなかったのに、少なくとも親身の者の泣いてくれる声を聞くことができましたろうに……」

一人の店員が着物を背負ってやってきた。三人の親族の者が、その中から肌着をえらび出して、張幕の後ろ（死体が置いてある）へ入って行った。しばらくして張幕がかかげられた、肌着はもうちゃんと着換えさせてあって、やがて上着が着せられる。それはまったく私には意外であった。黄土色の軍袴が着せられたのだが、幅の広い赤い線が入っていた、その次に着せられたのが軍服で、金色まばゆい肩章がついている、それはどんな階級で、どこからもらった階級であるのか私にはわからなかった。入棺になると、連殳はまるで不似合な恰好で横たわっていた、脚のほうには一足の黄色い革靴が置かれ、腰のところにはひと振りの紙と糊でつくった指揮刀が置かれ、柴のように痩せ細った黒ずんだ灰色の顔のそばには金縁の軍帽が置かれた。

　三人の親族の者が棺の側に手をかけて、ひとしきり泣いて、泣きやむと涙をふいた。頭に麻縄を巻いた子供がその場からたち退いて行った。三良も場をはずした、おそらくみな「子、午、卯、酉」の年生まれのどれかに当たるからであろう。

　人夫が棺の蓋をかつぎあげた、私は進み寄って永別の連殳を最後にひと目見た。

　彼は不似合いな装束の中で、静かに横たわって、眼ぶたを合わせ、口を閉じていたが、口のあたりには何だか冷やかな薄ら笑いをたたえて、この可笑しげな死体を冷笑しているかのようであった。

　釘を打ちつける音がひびくと、泣き声も同時にわっと起こってきた。その泣き声を私は最後まで聞いてはいられなかったので、場をはずして中庭に出た。そのまま足にまかせて歩き、いつしか門を出てしまった。じめじめした路がとてもハッキリと見えた。大空を仰ぐと、濃い雲はもう散っていて、一輪の円い月がかかり、冷やかで静かな光を投げていた。

私は足を早めて歩きながら、何となく一種の重っ苦しい空気の中から衝き抜けたいと思ったのだが、しかしそれは不可能であった。耳の中で何かがもがいていた、ずいぶんしばらくたってから、とうとうもがいて抜け出したが、それは何だか長いうめき声のようなものであった、まるで一匹の傷ついた狼が、真夜中に荒野の中をうめき叫んでいるかのようで、痛ましさの中に憤りと悲しみをこめたものであった。

私の心はするると軽くゆるやかになってきて、何の思いわずらうこともなく、じめじめした石ころの路を歩いた、月かげのふりそそぐ中を。

（一九二五年十月十七日）

藤野先生

東京も別に変わりはなかった。上野の桜花爛漫（らんまん）の時節は、まことに薄紅色の軽雲かと思われるながめであったが、花の下にはいつも隊を組んだ「清国（しん）留学生」の速成班がいて、頭の上に辮髪（べんぱつ）をぐるぐる巻きにしてのせ、かぶった学生帽のてっぺんを高々とそびえ立たせて、富士山の形をつくっていた。また辮髪を解いて、平ったくしてのせたものは、帽子をぬぐと、油がテカテカに光り、まるで娘さんの結髪のようだったが、そこで首をくねくねとさせると、まったく艶（つや）っぽいことこの上なしであった。

中国留学生会館の門長屋には書物を売っていたし、ときどきちょっと立ち寄って見た。もし午前中であれば、そこのいくつかの洋間にまあ腰を下ろすことはできた。だが夕方に行ってみると、床板はいつもドンドンと天をゆるがすばかりに鳴りひびき、そのうえ部屋いっぱいにホコリが乱れ飛ぶ。時事に精通した者に聞いてみると、「あれはダンスを勉強しているのだ」といった。

ほかのところへ行ってみたら、どうだろうか？

私はそれで仙台の医学専門学校へ行った。東京を出発すると、まもなくある駅についた、日暮里と書いてあった。どうしてなのか知らないが、私はいまでもまだその地名を覚えている。その次に覚えているのは水戸だけで、ここは明の遺民、朱舜水先生が客死した土地だ。仙台は市街であったが、あまり大きくはなかった。冬の日はとても寒さがひどく、まだ中国の留学生はいなかった。

多分、物はめずらしいということで大事にされるのだろう。北京の白菜を浙江へもってくると、赤い縄を根元に結んで、八百屋の店さきに吊し出され、あがめて「膠菜」といわれる。福建に野生する蘆薈は、ひとたび北京に行くと温室に請じいれられて、そのうえその名も美しく「龍舌蘭」といわれる。私も仙台へ行ったら大いにこの種の優待をうけた、ただに学校が学費を徴収しないばかりか、いく人かの職員はまた私のために食事や宿舎の心配をしてくれた。私は最初は刑務所のそばの、ある宿屋に泊まっていた、初冬でもうかなり寒かったが、まだ蚊がたくさんいた、あとでは全身に蒲団をひっかぶり、着物で頭と顔をつつみ、ただ二つの鼻の穴だけを残して息をした。この息を出したり吸ったりするところには、ついに蚊も刺すすべはなく、安穏に眠れた。食事は悪くはなかった。ただ一人の先生がその宿屋は囚人の食事の差し入れを請負っているから、私がそこに泊まっているのは宜しくないと、いくどもいくども忠告した。私は宿屋が囚人の食事の差し入れを兼務しているのは私と何の関係もないと思ったけれども、しかし好意は退けがたく、ほかに適当な住居を探すより仕方がなかった、それで別の家に引っ越した。そこは刑務所を離れることはかなり遠かったものの、残念ながら毎日毎日どうにも喉元（のどもと）をとおりかねる山芋汁を飲まねばならなかった。

それから多くの新しい先生に会ったし、多くの新鮮な講義を聞いた。解剖学は二人の教授が分担していた。最初は骨学であった。そのとき入ってきたのは黒く痩（や）せた先生で、八字髭（はちのじひげ）をはやし、眼鏡をかけ、ひと山の大小とりどりの書物を抱えていた。それを教壇の上に置くと、ゆるやかでとても抑揚のある声調で、学生に向かって自己紹介をした——

「私は藤野厳九郎（ふじのげんくろう）というもので……」

後ろのほうにいた何人かが笑い出した。先生はつづいて日本における解剖学発達の歴史についてのべたが、あの大小とりどりの書物は、つまり一番はじめから現在に至るまでの、この一科の学問に関する著述であった。はじめに出た数冊は和本仕立てのものであり、また中国の訳本を翻刻したものもあった。新しい医学に関する彼らの翻訳と研究は、中国に比べて決して早くはない。

後ろのほうにいて笑ったのは前学年に及第できず残級した学生で、もう在学一年たっているので、学内の事情にくわしかった。彼らは新入生に各教授の歴史を講義して聞かせた。この藤野先生は、いうところによれば洋服の着方がたいへんぞんざいで、時としてはネクタイを忘れたりする、冬には旧外套（ふるがいとう）を着て、ぶるぶるふるえている。あるとき汽車に乗ったら、車掌から掏摸(すり)と間違えられて、車内の大勢の客に用心するようにいわれたとか。

彼らのいったことは、多分本当であろう、私は実際にあるとき藤野先生が教室へネクタイなしで入ったのを見たことがある。

一週間たって、多分それは土曜日であったが、藤野先生は助手を寄越(よこ)して私を呼んだ。研究室へ行ったら、先生は人骨と多数の単独の頭骨とのとりまく中に坐(すわ)っていた、——先生はそのときちょうど頭骨を研究していたところで、のちに学校の雑誌に論文を発表した。

「私の講義が、君は筆記できますか？」と先生は聞いた。

「まあできます」

「もってきて見せたまえ！」

私が講義の筆記を提出すると、先生は受けとっておいて、二、三日たって私に返し、そして今後毎週提出して見せるようにいった。私はもって帰ってあけてみると、とても吃驚(びっくり)した。同時にまた一種の不安と感激を覚えた。というのは私の筆記はもうはじめから終わりまで、朱筆ですっかり改められていたからである、多くの脱漏した部分が加えられているだけでなく、文法的な間違いまでも、いちいちみな訂正してあった。このようにして先生の担任の授業が終わるまで、ずっとつづいた、骨学、血管学、神経学と。

残念ながら私はそのころあまり勉強しなかったし、時にはまたたいへん気ままでもあった。いまでも覚えているが、あるとき藤野先生は私を自分の研究室へ呼びいれて、私のあの講義筆記の中にあった一つの図を開いて見せ、それは下膊の血管であったが、私に向かっておだやかにいった、――

「見たまえ、君はこの血管を少し位置を変えている。――もちろん、こう位置を変えたら、確かに多少うつくしく見える、けれども解剖図は美術とはちがう、実物は私が書いたとおりで、われわれはそれを変えるわけには行かない。いま私は君のを訂正しておいた、これから君は黒板に書かれたとおりに書かねばなりません」

だが私は不服の気持ちだった、口ではハイと返事をしたものの、心ではこう思っていた――

「図は私の書いたのは間違っていません。実際にどうであったかを、私はもちろん心の中に覚えています」

学年試験が終わってから、私は東京へ行ってひと夏遊んで、秋のはじめにまた学校へ帰った。成績はもう発表されていて、同級百余人の中で、私は中程にいたが、しかし落第者は書いてなかった。今度藤野先生が担任した科目は、解剖実習と局部解剖学であった。

解剖実習をしてだいたい一週間してから、先生はまた私を呼んだ。とても上機嫌で、あの抑揚の多い調子で私にいった、――

「中国の人はたいへん霊魂を尊重すると聞いていたから、君は屍体の解剖はやらないのではないかと私はたいへん心配していた。だがいまはもう安心することにした、そんなことはなかったので」

だが先生はあるとき私をたいへん困らせたことがあった。先生は中国の婦人は纏足していると聞くが、しかしその詳細について知らない、だから私にどんなふうにして足を包むのか、足の骨はどんな畸形に変わっているのかを聞こうとした、そして嘆息していったものである、「とにかく見なければよくわからない、結局それがどんなものであるかは」

ある日、同級の学生会の幹事が私の下宿にやってきて、私の講義筆記を借りて見たいとのことであった。私は取り出して彼らに渡した。するとザッとひっくり返してしらべただけで、持って行きはしなかった。だが彼らが帰ると、郵便で分厚い手紙が送られてきた。開いてみると、最初にこうあった、――

「汝悔い改めよ！」

これは『新約聖書』の中の文句であろう、だが、トルストイが最近引用したものだ。そのころはちょうど日露戦争のときであったが、トルストイ翁はロシアと日本の皇帝に宛てた手紙を書き、その最初がこの文句であった。日本の新聞はトルストイの不遜を大いに叱責し、愛国青年も憤慨した、だが暗々のうちにもうトルストイの影響をうけたのである。その次の文句は、だいたい前学年の解剖学の試験の問題は、藤野先生が講義筆記に記号をつけておいて、私が予め知っていたのだ、だからあんな成績がとれたのだという意味のものであった。最後は匿名だった。

私はそのときはじめて数日前の一件を思い出した。というのは同級会をやろうというので、幹事が黒板に告知を書いたが、その最後の一句に「全員漏れなく参会を乞う」とあり、そして「漏」の字の横にマルが一つ添えてあった。私はそのときマルがついているのは可笑しいと思ったものの、何も気にかけなかったが、いまにしてその文字は私にあてこすりしていたことに気がついた、それは私が教員から問題を漏らしてもらったようにいったのだ。

私はこのことを藤野先生に報告した。私と仲のよかった数人の級友もたいへん腹を立てて、いっしょに行って幹事が口実をもうけてノートの検査をした無礼を責め、また彼らに検査の結果を発表することを要求した。とうとうこの流言は消滅し、幹事のほうでもまた極力運動して、あの匿名の手紙を取りかえそうとした。結局私はこのトルストイ式の手紙を彼らに返してやった。

中国は弱国である、だから中国人は当然低能児であって、点数が六十点以上あるのは、自分の能力によるものではない――という彼らの疑惑も無理はない。だが私はやがて中国人が銃殺される情景を参観するという運命にめぐりあわせたのである。第二学年には細菌学が加わったが、細菌の形状はすべて映写を使ってハッキリ示された、授業が一段落してもまだ時間が残っているときは、時事の画面をいくつか映した、もちろんそれはみな日本がロシアに戦勝する場面であった。だが生憎と中国人がその中にまじっていた、の私もいた。

ロシア人のためにスパイをやり、日本軍に捕えられて、銃殺されるところであった、それを取り巻いて見物しているのも一群の中国人であった、教室にはそのほかにもう一人の私もいた。

「万歳！」と彼らはみな手をたたいて歓呼した。

この種の歓呼は、画面を見るごとに起こった、だが私には、この声は特別に耳を刺してひびいた。その後中国に帰ってきて、私は犯罪者が銃殺されるのをおもしろそうに見物している人々を見かけたが、彼らも酔えるがごとくに喝采しないことはなかった、――ああ、何たることであろうか！　しかしその時その地で、私の考えはすっかり変わってしまった。

第二学年が終わったとき、私は藤野先生を訪ねて行って、先生に私はもう医学を学ぶことをやめようと思います、そしてこの仙台を離れようと思いますと話した。先生の顔には何だか悲しみの表情がうかび、何かいいたげであったが、とうとう何もおっしゃらなかった。

「私はこれから生物学を学びたいと思います、先生が私に教えてくださった学問は、やはりそれにも役に立ちます」。けれども実は、私は何も生物学を学ぼうという決意をもっていたのではなかった。それは先生がさびしそうにしていられるのを見て、先生をなぐさめるための出たらめをいったのである。

「医学のために教えた解剖学のようなものは、多分、生物学にはあまりたいした役にはたたないだろう」と先生は嘆息していわれた。

仙台を離れようとする数日前、先生は私を自分の家に呼んで、私に一枚の写真をくださった。裏には「惜別」と二つの文字が書いてあった。そして私の写真もくれることを希望するとおっしゃった。だが私はそのときちょうど写真をもち合わせていなかった。先生はするといつか写したら送るように頼まれ、またときどき通信して今後の情況を知らせるようにとおっしゃった。

私は仙台を離れてから、多年写真をとったことはなかったし、また情況もおもしろくなかった、それをいったところでただ先生を失望させるばかりだから、手紙さえ書こうという気にならなかった。年月がたつにつれて、いっそう何からいっていいのかわからなくなり、それで時には手紙を書こうと思うこともあるのだが、しかし筆をとりそびれてしまう。このようにしてずっと現在に至るまで、ついに一本の手紙、一枚の写真も差しあげたことがない。先生のほうからいえば、私はひとたび去ったあとは、杳として消息なしである。

だがどうしてだか知らない、私はよく先生のことを思い出す。私がわが師と仰ぐ人々の中でも、先生は最も私を感激させ、私を鼓舞激励してくださった一人である。私はいつも思うことだが、先生の私に対する熱心な希望と倦むことのない教誨は、小にしては中国のためで、つまり中国が新しい医学をもつことを希望されたのであり、大にしては学術のため、つまり新しい医学が中国に伝えられることを希望されたのである。先生の人格は、私の眼と心の中では偉大である、先生の名前は決して多数の人に知られてはいないけれども。

先生が訂正してくださった講義筆記を、私は前に三冊の厚い本に装釘して、とっておいた、それを永久の記念にするために。不幸にして七年前、転居のとき、中途で書物を入れた荷箱が一つこわれてしまい、半数の書物を失ったが、ちょうどこの講義筆記もその失われたものの中にあった。運送屋に探すようにきびしくいってやったが、梨のつぶてで何の回答もなかった。ただ先生の写真だけは、いまもなお私の北京の寓居の東側の壁に、書きもの卓に向かいあって掛けてある。いつも夜中に倦みつかれて、眠気にさそわれたりするとき、顔をあげると燈光の中に先生の黒く痩せた顔をチラリと見る、まるで今にも抑揚ある言葉で何か話し出そうとしていられるかのようである。すると急にまた良心が湧いてきて、そして勇気を倍加させられる。そこで一本の煙草に火をつけて、再びあの「正人君子」のやからが痛く憎悪する文章を書きつづけるのである。

（一九二六年十月十二日）

眉間尺

一

眉間尺はいまし方、彼の母親とともに寝たところだが、鼠が出てきて鍋の蓋を噛り、その音がうるさくてたまらない。彼は低い声で何度もシーッシーッと叱った。最初はそれでもいくらか効き目があったが、あとになるとまったく彼にとり合わないで、ガリガリと噛りつづける。彼は思いきり大声を出して追っ払うこともできなかった、昼間の仕事の疲れで、夜は横になるとすぐ寝入ってしまっている母親が吃驚して眼をさますのを気づかって。

ずいぶん時間がたってから、静かになった。彼は眠ろうと思った。突然、ボトンという音がした。驚いて彼はまた眼をあけた。同時にサーサーという音が聞こえた。爪で土器をひっかく音である。

「ほれ！　ざまア見ろ！」と彼は思って、一人でたいへん愉快になり、そっと起き上がった。

　彼は寝台からとび下りると、月の光を頼りに裏口に行って点火の道具を探し、松明に火をつけて、水甕の内側を照らしてみた。果たして一匹の大きな鼠が中に落ちていた。だが、中の水が少なくなっていたので、匍い出すことができず、ただ水甕の内側に沿うて、ひっかきながら、ぐるぐる廻るばかりである。

「いい気味だ！」彼は毎夜、毎夜、家具類を噛り、さわがしくて安眠もできないのはこいつらの仕業だと思うと、とても気持ちがスウーとした。彼は松明を土壁の小さな穴に挿しこんで、見物していた。そうするとそのつぶらな小さい眼が、彼に憎しみを起こさせた、手を伸ばして一本の蘆（燃料として置いてある）を抜き出すと、鼠を水の底へグイと押し沈めた。しばらくたって、手をゆるめると、鼠は同時にまた浮かび上がってきて、やっぱり甕の内側をひっかきながらぐるぐる廻った。だがひっかき方には前ほどの力はなく、眼も水の中につかり、ただ尖った真っ赤な小さい鼻先だけをポツンと出して、チューチューと気ぜわしく途切れがちに呼吸した。

　彼は近ごろあまり赤い鼻の人間を好まないふうがあった。だがいまその尖った小さな赤い鼻を見ると、ふと可哀そうな気がして、すぐにまたその蘆の棒を、鼠の腹の下まで差し込んでやった。鼠はひっかきながら、ウンと力を出して、蘆の棒を伝わって匍い上がった。彼は鼠の全身——濡れてべとべとになった黒い毛、大きな腹、蚯蚓のような尻尾——をあらわにしたところを見ると、また腹立たしく憎らしさを覚えて、急に蘆の棒をひと振りすると、ボトンと音がして、鼠はまた水甕の中に落ちた。つづけて彼は蘆の棒でもって鼠の頭を何度も小突いて、それを素早く沈めてしまった。

六回、松明をとりかえたあと、鼠はもう動かなくなった。だが水の中に沈みながらも、ときどきまた水面に向かってちょっと跳びあがろうとする。眉間尺はまた可哀そうな気がして、すぐ蘆の棒を二つに折り、手間をかけてどうにか鼠を挟んで取り出して、地面に置いた。鼠ははじめちっとも動かなかったが、やがてやっと少し呼吸をした。それからまただいぶたって、四つの脚をバタバタ動かし、ふと身をひるがえしたかと思うと、起き上がって逃げ出そうとするようだ。それは眉間尺を吃驚させ、思わず左脚をあげて、イキナリ踏みつぶした。チューという声がしたので、彼は蹲んでよく見ると、口ばたに微かに真っ赤な血が出ていた。多分死んでしまったのだろう。

彼はまたひどく可哀そうな気がした。何だか自分が大悪事でも犯したように思われてとても堪えがたい気持ちであった。彼は蹲んだまま、気抜けしたように見守って、立ち上がらない。

「尺や、お前何をしているのだね？」と彼の母親はもう眼をさまして、寝台の上からたずねた。

「鼠が……」と彼はあわてて立ち上がると、身体をねじ向けて、ただそれだけ答えた。

「そうさ、鼠のことはわかっている。だがお前は何をしているのだね。それを殺しているのか、それとも助けているのか？」

彼は返事をしなかった。松明はもう燃えつくしてしまった。彼は黙ったまま暗がりの中に立っていたが、やがて、月光のきれいにかがやいているのを見た。

「ああ！」と彼の母親は溜息をついていった。「子の刻になったら、お前はもう十六歳だ、それだのに性質はそんなふうで、冷いのでもなければ熱いのでもなく、ちっとも変わらない。思えば、お前の父の仇は誰も討つものがいない」

彼は母親が灰白色の月かげの中に坐っているのを見た、何だか身体がふるえているようだ。低い声の中には無限の悲しみがこもっていて、彼に身の毛もよだつほど寒気を覚えさせた、だが一瞬のうちに、たちまちまた全身に熱血が沸き立つような気がした。

「父の仇ですって？　父にどんな仇があるのです？」と彼は二、三歩前に出て、吃驚したようにたずねた。

「あるのだよ。そしてお前に仇を討ってもらいたい。わたしはずっと前からお前に知らせようと思っていた、だがお前があまり小さいので話さなかった。いまお前はもう成人したのに、まだそんな性質だ。それで、わたしはどうすればいいのだろう。お前のような性質で、大事を行うことができるだろうか？」

「できます。いってください、お母さん。私は改心しますから……」

「もちろん。わたしとしてもぜひ話さねばならぬ。お前きっと改心して……。では、こちらへおいで」

彼はそちらへ行った。母親は寝台の上に端坐している、ほの白い月かげの中で、両眼からキラキラと光を射出す。

「聞くがいい！」と彼女は厳粛にいった、「お前の父はもとは刀鍛冶の名工で、天下第一であった。父の仕事道具をわたしはとっくに売り払って貧乏をしのいできたので、お前はもう何の痕跡も見ることはできない。だが父は世間に唯一無二の刀鍛冶の名工だった。二十年前、王妃がひとかたまりの鉄を産みおとした。それはあるとき鉄の柱を抱きかかえて孕んだということだが、純青透明な鉄であった。大王はめずらしい宝ものだと知って、それを用って一口の剣をつくり、それで国を保んじ、それで敵を殺し、それで身を防ごうと考えつかれた。不幸にしてお前の父がそのときちょうど選ばれて、鉄を受けとって家に帰り、夜も日も鍛錬をつづけて、まる三年間の精神をうち込んで、二口の剣を仕上げなされた。

最後の鑪開きのその日こそ、どんなに人を驚かす光景であったことか！　モウモウと一面に水蒸気が立ちのぼったとき、地面も動揺するかと思えた。その水蒸気は天空の半ほどで白雲に変わり、この家に蔽いかぶさり、次第次第に薄赤い色になって、一切のものみなを桃の花のように映し出した。わが家の真っ黒な鑪の中には、真っ赤な二本の剣が横たわっていた。お前の父が清い井戸水をゆっくり滴らすと、その剣はスウースウーと唸りながら、次第に青色に変わって行った。このようにして七日七夜たつと、剣は見えなくなったが、よく見ると、やっぱり鑪の底にあった。純青で、透明で、まるでふた筋の氷のように。

大歓喜のかがやきが、お前の父の眼からあたりに射出された。父は剣をとり上げて、拭きに拭いた。だが悲惨の皺が、また父の眉と口とにあらわれた。父はその二口の剣をそれぞれ別にして二つの箱におさめた。

『この数日間の光景を見ただけで、誰にもわかる、剣はもうできあがったことがわかる』と父は愁わしそうにわたしにいった、『明日になったら、必ず行って大王に差し出さねばならぬ。だが剣を差し出す日は、つまりわしの命の尽きる日だ、われわれはこれで永遠に別れねばならぬだろう』と。

『あなたは……』とわたしはことの意外に驚いて、父のいう意味をはかりかね、どういえばいいのかわからなかった。わたしはただこういうばかりだった、『あなたはこのたび、これほど大きな功労をたてなされて……』と。

『ああ！　お前にどうしてわかろうか！』と父はいった、『大王は生まれつき、猜疑心がつよく、また残忍だ。このたび、わしは大王のために世間に二つとない剣をつくり上げたが、大王はきっとわしを殺してしまうだろう、わしが再び別の人のために、大王に匹敵する、あるいは大王に勝る剣をつくることのないように』

　わたしは涙を流した。

『お前悲しまないでくれ。これは避ける方法はない。涙は決して運命を洗い落とすことはできない。わしはだがもうここに準備しておいた！』と父の眼から突然、稲妻のような光がかがやいて、剣をいれた箱をわたしの膝の上に置いた。『これは雄剣だ』と父はいった、『お前これをしまっておけ。明日、わしはこの雌剣だけを大王のところに持って行く。もしわしが行ったまま帰ってこなかったならば、わしはきっともうこの世にはいないのだ。お前は身ごもってもう五、六か月になるではないか、悲しむことはない、子供が産まれたら大切に育てるのだ。成人になったときに、お前は子供にこの雄剣を手渡して、大王の首を斬らせ、わしのために仇を討たせるのだ！』と」

「その日、父は帰ってこなかったのですか？」と眉間尺はせき込んでたずねた。

「帰ってこなかった！」と母親は冷静にいった、「わたしはあちこち聞いて廻ったが、まるで消息はなかった。のちに人から聞いたところでは、お前の父のつくった剣に、最初に血を飲ませたのは、つまりその人自身――お前の父親であった。そして父親の幽魂が祟りをするのを怕れて、その胴体と首とを別々に、門前と裏庭に埋めたということだ！」

眉間尺は突然、全身が猛火に焼かれるようで、自分でも毛髪の一本一本からまるで火の玉がきらめき出すような気がした。彼の二つの握りこぶしは、暗がりの中でガクガクと鳴りひびいた。

母親は立ち上がって、寝台のところの木板を取りはずし、寝台を下りて、松明をつけ、裏口に行って鋤をとってきて、それを眉間尺に渡していった、「掘ってごらん！」

眉間尺は心臓がドキドキした。だが落ちついて一鋤一鋤静かに掘って行った。出てくるものはみな黄土であったが、およそ五尺ばかりも深く掘って行くと、土の色が少しちがってきた、ボロボロに朽ちた木質のようだった。

「見てごらん！　気をつけて！」と彼の母親はいった。

眉間尺は掘り開けた洞穴のそばに身を伏せ、手を伸ばして、用心深く気をつけながらボロボロになった木質をかき分けた。指の先がヒヤッとして、冷い雪にでも触ったかと思ったとき、あの純青透明な剣があらわれたのだ。彼は剣の柄をハッキリ見てとり、それを握って、とり出した。

　窓の外の星や月も部屋の中の松明もにわかに光を失ったかのようで、ただ青い色だけが世界を充塞した。剣はこの青い光の中に溶けこんで、見てもそこには何もないようだ。眉間尺は精神をこらしてじっと見た。すると何だか五尺あまりの長さが見えるようであったが、しかしどんな鋭い刃も見えず、刃渡りのところは反ってやや丸みがあり、まるで一枚の韮の葉のようだ。

「お前はこれからお前の優柔の性質を改め、この剣で仇を討ちに行け！」と母親はいった。

「私はもう私の優柔の性質を改めました。この剣で仇を討ちに行きます！」

「これだけがお願いだ。お前は青い着物を着て、この剣を背負えば、着物と剣とは一色で、誰も見分けがつかない。着物はもうわたしはここにつくっておいた、明日になったらお前は出発するがいい。わたしのことは心にかけるでない！」と彼女は寝台の後ろのボロ衣裳箱を指して、いった。

　眉間尺は新しい着物をとり出して、試しに着てみると、裄丈けはちょうど合う。彼はまたもとのとおりにキチンとたたみ、剣をつつんで、枕もとに置くと、静かに横になった。彼は自分はもう優柔の性質を改めたのだと思った。そして何ごとも心にかかることはない気持ちで、枕についたらすぐ眠り、朝早く眼をさまして、いつもと別に変わった様子もなく、しずかに不倶戴天（ふぐたいてん）の仇を探しに出かけようと決心した。

だが彼は眠れなかった。寝返りばかりうつので、いっそ起きあがって坐ろうかと思った。母親の失望した、ひそやかな長い歎息（たんそく）が聞こえた。とうとう一番鶏（どり）が鳴くのが聞こえた。もう子（ね）の刻になり、自分は十六歳になったことを彼は知った。

二

眉間尺（みけんじやく）は眼のフチを腫（は）らしながら、後ろをふり向きもせずに戸外（そと）へとび出した。青い着物を着て、青い剣を背負いながら、大股（おおまた）に歩いて、ずんずん城内に急いだとき、東方にはまだ太陽の光は射していなかった。杉林の一つひとつの葉末には、露の珠（たま）がかかっていて、その中には夜気がひそんでいた。だが、杉林を向こうへ突き抜けたときは、露の珠はさまざまな輝きをキラキラとさせ、だんだん暁の色合いに変わった。はるか前方を望むと、ほんのりと灰黒色の城塞（じょうさい）と姫垣が見える。

野菜売りといっしょに城内にまぎれ込んだが、市街はもうたいへんな混雑だ。男たちはひとならびひとならびになって、ボンヤリと立っている。女たちもときどき戸口の隙（す）間から頭をのぞかせる。彼女たちの多くは眼のフチを腫らしているし、髪の毛を梳かないままでいる、黄色い顔にはまだ化粧もしていない。

眉間尺は何か大事件がやってくるであろうことを予感した、彼らはみんな焦々しながら辛抱づよくその大事件を待っているのだと。

彼はずんずん前に進んでいった。一人の子供が突然走ってきて、ほとんど彼の背中の剣の先にぶつかりそうになったので、彼は吃驚して身体じゅうに冷汗をかいた。北のほうに方向を変えて進んだ。王宮の近くになると、人々は押しあいへしあい、ぎっしりと密集して、みんな首を伸ばしている。人むれの中には女や子供の泣きわめく声もまざった。彼はその眼に見えない雄剣が人を傷つけることを心配して、思い切って割り込んで行けない。だが人々は背後から押しよせてくる。彼はやむを得ず、身をすり抜けて、人ごみを避けてあとにさがった。眼の前にはただ人々の背中と伸ばした首が見えるばかりである。

ふと、前のほうの人たちがみなつづけさまに土下座した。遠くのほうから二頭の馬が並んで駈けてきた。そのあとから棒、戈、刀、弓、旗をもった武士が、路いっぱいにモウモウと砂塵をまいてやってくる。次には四頭の馬が曳く大きな車がきた、その上には一隊の人が坐っていて、あるものは鐘を鳴らし太鼓を打ち、あるものは何というか名前も知れぬ面倒なものを口で吹きならす。そのあとはまた車だ、中にいる人はみな立派な衣裳をまとっている、老人か、でなければ太っちょで、めいめい顔じゅうに脂汗をかいている。つづいてはまた一隊の刀槍、剣戟の騎馬の武士だ。土下座の人たちがみな顔を伏せて行った。そのときちょうど眉間尺は一輌の黄色い蓋をかけた大きな車が走ってくるのを見た。真ん中には一人の立派な衣裳を着た太っちょが坐っている。胡麻塩のアゴ鬚で、小さな頭だ。腰のあたりにはどうやら彼の背中にあるのと同じ青い剣を佩びているのが見える。

彼はわれ知らず全身がサッと冷たくなった。だがすぐまた灼けるように熱くなった、まるで猛火に焼かれたかのように。彼は手を肩さきに伸ばして、剣の柄を握りしめるとともに、脚をふみ上げて、ひれ伏している人々の首と首との隙間を跨いで進んだ。

だが彼は五、六歩進んだばかりで、もんどり打って倒れた。それは誰かが突然、彼の片方の脚をつかんだからである。ころげた途端に一人の乾からびた顔の青年の身体を圧しつぶした。彼は剣の先が青年を傷つけることを怕れ吃驚して起きあがって見ると、肋の下にひどい拳骨を二つくらった。彼はとやかく争っている暇はない。再び街路のほうを見てみると、黄色い蓋の車はもう通りすぎていたばかりか、それを取り巻く騎馬の武士たちも一団になって駈け抜けていた。

路ばたの一切の人々もみな立ちあがった。乾からびた顔の青年はだが眉間尺の着物の襟を堅くつかんで、手を放そうともせず、彼のために大事な丹田を圧しつぶされた、必ず保証してくれ、もし八十歳にならぬうちに死ぬようなことがあれば、身代わりになって命を償ってくれろという。閑人たちがまたすぐに、二人を取り巻いて、ボンヤリと見物しはじめた。だが誰も何ともいわない。そのうち誰かがそばからふたこと三ことからかったが、それは完全に乾からびた顔の青年に加勢するものであった。眉間尺はこんな敵にとっつかまってしまい、まったく怒るにも怒れず、笑うにも笑えず、ただわびしさを感じるだけであった。だがその場を脱れるすべもなかった。こんなふうで一鍋の米が煮えるくらいの時間がたって、眉間尺はもう焦立ってきて全身が火を吹いた。見物人はだがもとのままで減りもせず、尽きぬ興味をもっているかのようであった。

前方の人垣がゆれた。一人の黒い色の男が押し分けて出てきた、黒い鬚、黒い眼、痩せて鉄のようだ。彼は何もいわず、ただ眉間尺に向かって冷やかにちょっと笑いかけると、手をあげてそっと乾からびた顔の青年の顎を突きあげ、そして彼の顔をじっと見据えた。その青年もまた彼の顔をしばらく見ていたが、いつしかそっと手をゆるめて、姿を消した。その男も姿を消した。見物の者たちもつまらなそうに散って行った。ただ数人のものがなおも眉間尺に、年齢、住所、家には姉がいるかなどとうるさくたずねたが、眉間尺は一切、彼らにとり合わなかった。

彼は南のほうへ歩いた。城下がこんなに人混みでは、いつ間違って誰かを傷つけるかわからぬ、いっそ南の城門の外で国王の帰りを待って、父の仇を討とう、あのへんなら土地も広いし人通りもまれだし、まったくあばれるには都合がいい、と考えて。このとき全城下の人たちは国王の遊山、儀仗、威厳について議論し、自分は国王の栄耀を見ることができたということから、どんなに低くひれ伏したか、それは国民の模範とすべきものである等々ということに及んで、まるで蜜蜂のように群がりならんで、そのままずっと南の城門近くまできて、やっと次第に静かになった。

彼は城外に出て、一本の大きな桑の木の下に腰をおろすと、饅頭(マントウ)を二つ取り出して空腹を充(み)たした。食っているときふと母親のことを思い出して、覚えず眼と鼻が少し痛くなった、だがそれからあとは別に何ということもなかった。周囲(あたり)は一歩一歩と静かになっていって、やがて自分の呼吸がハッキリ聞こえるまでになった。

空の色はだんだん暗くなり、彼もだんだん不安になってきた。眼に力を入れて前方を見わたしたが、国王の帰ってくるような気配は少しも見えない。城内に野菜売りに出た村の人たちが、それぞれに空かごをかついで城門を出て家に帰っていった。人通りが途絶えてずいぶんたってからだが、突然あの黒色の男が城内からひょいと滑り出してきた。

「逃げろ、眉間尺(みけんじやく)！　国王はお前をつかまえようとしているぞ！」と彼はいった、その声はまるで梟(ふくろう)のようだ。

眉間尺(みけんじやく)は全身がぶるッとふるえて、魔法にかかったようになり、すぐ彼のあとについて逃げ出した。あとには飛ぶように走っていた。彼は立ち止まって、しばらくのあいだ喘(あえ)ぐ息をしずめていたが、そのときもう杉林のところにきていることがわかった。後方の遠いところに銀白色の線紋様がある、月がもうそこから出てくるのだ。前方にはただ二粒の燐火(りんか)のようなあの黒色の男の眼の光があるだけだ。

「あなたはどうして私を知っているのですか」と眉間尺(みけんじやく)はひどく驚いた様子でたずねた。

「ハハ！　わしは前から君を知っている」とその男の声がいった、「わしは君が雄剣を背負って、君の父のために仇討ちをしようとしていることを知っている、わしはまた君が仇討ちに失敗したことも知っている。失敗したばかりか、今日もう密告した者がいて、君の仇はとっくに東の城門から宮中に帰り、君を逮捕する命令を出したのだ」

眉間尺(みけんじゃく)は思わず悲しくなってきた。

「ああ、母親の歎息ももっともである」と彼は低い声でいった。

「だが母親はことの半分しか知らない。彼女はわしが君のために仇を討ってやることを知っていない」

「あなたがですか？　あなたが私のために仇を討ってくださろうというのですか、義士？」

「ああ、君はそんな呼び方でわしを買いかぶってはいけない」

「では、あなたはわれわれ孤児と寡婦とに同情して……？」

「ああ、少年よ、君はもうそんな汚辱(はずかしめ)を受けたいい方をもち出さないでくれ」と彼はきびしく冷やかにいった、「義俠(ぎきょう)とか同情とか、そのようなものは、もう夙(とっ)くにきれいさっぱりなくなって、いまではインチキ債権の資本(もとで)になってしまった。わしの心の中には君のいうようなそんなものは、これっぽちもない。わしはただ君のために仇を討ってやるだけだ！」

「すみません。だがあなたはどうやって私のために仇を討ってくださるのですか？」

「君がわしに二つのものをくれさえしたらいい」と二粒の燐火の下の声がいった、「その二つのものかい？　聞くがいい、一つは君の剣だ、二つには君の首だ！」

眉間尺(みけんじゃく)は奇妙なことだと思って、ちょっと疑ったけれども、しかし決して驚きはしなかった。彼がいっとき黙っていると、

「君はわしが君の生命と首とをだまし取るのではないかと疑ってはいけない」と暗がりの中の声はまたきびしく冷やかにいった、「このことはすべて君次第だ。君がわしを信じるなら、わしはやる、君が信じないなら、わしはやめる」

「だがあなたはどうして私のために仇を討ってくださるのですか？　あなたは私の父を知っているのですか？」

「わしは前から君の父を知っているが、それは前から君を知っているのと同じだ。だがわしが仇を討ってやろうというのは、決してそのためにではない。利口な少年よ、君にいっておこう。君はわしがどんなに仇討ちがうまいかを知らないのか。君のものはつまりわしのもので、彼もつまりはわしなのだ。わしの霊魂(たましい)にはこんなにもたくさん、人とわしが加えた傷がある、わしはもうわし自身を憎んでいるのだ！」

暗がりの中の声が止まったとき、眉間尺(みけんじゃく)は手をあげて肩先から青い色の剣を抜きとり、手順に後項窩(ぼんのくぼ)から前方にサッと刎(は)ねると、首は地面の青い苔(こけ)の上に落ちたが、同時に剣を黒色の男に渡した。

「ハッハッ！」と笑って彼は片手で剣を受けとり、片手では頭髪をつかんで、眉間尺(みけんじゃく)の

首をとりあげ、その熱い死んだ唇に向かって二度接吻(せっぷん)し、そして冷やかに鋭く笑った。笑い声がそのまま杉林の中に散りひろがると、奥のほうでは同時にひと群の燐火のような眼光がキラめいて、たちまち接近し、フウフウという飢えた狼の喘ぐ息が聞こえ、はじめのひと口で眉間尺(みけんじゃく)の青い着物を引きちぎった、ふた口目には身体が全部なくなり、血痕もまたたく間に舐(な)めつくし、ただ骨を嚙(か)み砕く音だけがかすかに聞こえた。

一番先頭にいた一匹の大きな狼が黒色の人に向かって跳びかかっていった。彼が青い剣をひと振りすると、狼の頭は地面の青い苔の上に落ちた。別の狼たちははじめのひと口でその皮を引きちぎった、ふた口目には身体全部がなくなった、血痕もまたたく間に舐めつくし、ただ骨を嚙み砕く音だけがかすかに聞こえた。

彼はやがて地上の青い着物を拾いあげて、眉間尺の首を包むと、青い剣といっしょに背中に負い、身をひるがえして、暗がりの中を王城に向かって悠然と歩いていった。

狼たちは立ちどまって、肩を聳(そび)やかし、舌を出し、フウフウと喘ぎながら、緑色の眼光を射て彼が悠然と去るのを見ていた。

彼は暗がりの中で王城に向かって歩き、鋭い声をしぼって歌を唱(うた)った——

ハハ愛だ、愛よ愛よ！

青い剣を愛した、一人の仇は自分で死んだ。

みんなつづけさまだ、独裁者たちは。

一人が青い剣を愛した、アアそれはひろがる。
首と首との取りかえだ、二人の仇は自ら死ぬ。
一人は死んだぞ、愛よアアー
愛よアアだ、アア、アア、
アア、アアだ、アア、アア！

（付記）この歌は、このあとも出てくる歌とともに、ハッキリした意味をつかんで訳すことができない。訳者はこれらの歌の意味について原作者にたずねたことがあるが、「その中にある歌はみなハッキリした意味を出していない」といい、「変てこな人間と首が歌うものですからわれわれのような普通な人間にはわかりかねるはずです、云々」という手紙をもらった――訳者。

三

遊山も国王にはおもしろい思いをさせなかった。そのうえに途中で刺客がいるという秘密情報があったりして、彼をいっそう興ざめにして帰還させた。その夜、彼はたいへん怒りっぽくて、第九番目の妃の髪の毛までが、昨日ほどに黒くてきれいではないといった。幸いにして彼女が彼の膝の上に坐って愛嬌をまきちらし、特別に七十何回もつねったので、やっとのことで眉の間の皺がだんだんほぐれた。

午すぎてから、国王は起きあがると、何だかまた機嫌が悪かったが、午飯を食べてからは、すっかり怒った顔つきになってしまった。

「ああ！　つまらない！」と彼は大きなあくびを一つしてから、大声でいった。

　上は皇后から下はお伽の臣（コッケイなことをいって機嫌をとる者）にいたるまで、この情勢を見ると、みな手足の置き場もない気持ちであった。白鬚の老臣の説教や、ちんちくりんの小人のオドケ話も、王はもうとっくに聞きあいてしまった。近ごろでは綱渡り、竿昇り、玉投げ、逆立ち、刀呑み、火噴きなどなどの奇妙な芸当、どれもみなさっぱりおもしろくない。彼はいつでもカンシャクを爆発させようとしている。ひとたび爆発すると、青い剣をとって、何かちょっとした間違いを探し出しては、何人でも手討ちにしたがる。

　こっそり抜け出して宮廷の外で遊んでいた二人の小姓が、いまし方、帰ってきて、宮廷内の誰もの愁わしそうな困った様子を見ると、いつもの禍事がまたやってくるのを知った。一人は驚愕して顔が土色に変わったが、一人はしかし大丈夫だというふうに、あわてず騒がず、国王の眼の前に駈けよって、平伏しながら、いった。

「わたくしめは先程、一人の異人に出会いました。不思議な術をつかいますので、大王さまをお慰めいたすことができようかと存じまして、とくに申しあげるのでございます」

「何だと?!」王はいった。彼の言葉はいつもたいへん短い。

「それは黒く痩せた、乞食のような男でございます。青い着物を着て、円い青い風呂敷包みを背負うて、口には訳のわからぬ歌をうたっております。人がその男にたずねますと、その男は、手品を上手につかう、空前にして絶後、世に並びなきものだと申すのでございます、誰もこれまで見たものはないけれども、これを見たら退屈を解きほぐし、天下太平になると申すのでございます。ところが、ではそれをやって見ろとみなが申しましても、その男は承知しないで、第一には金竜が必要だし、第二には金鼎が必要だと申すのでございます。……」

「金竜？　朕がそれじゃ（金竜は皇帝の象徴とされる）。金鼎なら朕がもっておる」

「わたくしめも、まったく左様に考えるのでございます。……」

「連れてまいれ！」

その声の終わらないうちに、四人の武士がその小姓といっしょに大急ぎで走り出した。上は皇后から、下はお伽の臣に至るまで、それぞれうれしそうな顔色になった。彼らはみなこの芸当が退屈を解きほぐして、天下太平になることを願った。もしうまく行かなかったとしても、それはその乞食のような黒い痩せた男が禍を受けるのだから、彼らはただ連れてこられるのを待ってさえいればよかった。

あまり時間はかからなかった、六人の者が金の階のほうへ急いでやってくるのが見えた。先頭は小姓で、後づめが四人の武士、真ん中に黒い色の男がはさまっている。近くまでくると、その男の着物は青く、鬚、眉、頭髪は黒かった。痩せこけて頰の骨、眼の周りの骨、眉の骨はみな高く突き出ていた。その男がうやうやしげに跪いてひれ伏したとき、果たして背中には一つの円い小さな風呂敷包みのあるのが見えた。青い色の布で、上にはちょっと暗紅色のシミが浮き出している。

「申せ！」と王はいらだたしそうにいった。彼はその男の道具が簡単であるのを見て、こいつは何もおもしろい芸当はできないだろうと思った。

「臣の名は宴の敖者と申し、汶々郷で成長いたしました。若いときから職業をもたなかったのでありますが、晩年になって立派な師匠に出会い、手品を教えてもらいました、これは子供の首でございます。この手品は一人だけでは使えないので、必ず金竜の前に、金鼎を置いて、清水をいっぱい注ぎ、獣骨でつくった炭を用いて沸かし、そこへ子供の首を入れるのでございます。水が沸騰すると、この首は波のまにまに上下し、さまざまな舞踏をし、また妙なる音を出して、よろこびの歌をうたいます。この歌と踊りとは大王が御覧になれば退屈を解きほぐし、万民が見れば、天下太平になるのでございます」

「やってみろ！」と王は大声で命令した。

まもなく、牛を煮る大きな金の鼎が庭に置かれ、水をいっぱい注ぎ、下には獣骨でつくった炭をつめ、火がつけられた。黒色の男はそのそばに立っていたが、炭火が赤くなるのを見て、背中の風呂敷包みを解いて、開け、少年の首を取り出して、両手で捧げて高くあげた。その首は眉は秀で、眼は切れ長、真っ白い歯並みに、紅い唇をしている。顔には笑いを帯びている。頭髪はかき乱れて、まるで一陣の青い煙のようだ。黒色の男は首を捧げながら四方に向かってぐるりと一回転すると、手を伸ばして鼎の上まで持っていき、唇を動かして何やらわけのわからぬことをふたこと三ことといったかと思うと、そのまま手を放した。ボトンという音を聞いたのは、首が水の中に落ちた音である。水しぶきが同時にはね上がり、それは完全に五尺以上もあったが、それからあとは一切が静かになった。

長いあいだ、何の気配もなかった。国王がまずイライラしだした、つづいて皇后と妃、大臣、側役人(そばやくにん)たちもみな焦立ち、ちんちくりんの小人たちはもう冷笑をしはじめた。王は彼らの冷笑を見ると、自分が馬鹿にされているような気がして、武士を顧みて、彼らにその君を欺く不逞(ふてい)の人民を牛を煮る鼎(かなえ)の中に投げ込んで煮殺すように命令しようとした。

だがそのとき、水の沸騰する音が聞こえた。炭火も燃えさかり、その黒色の人を反映して、赤黒く、まるで鉄が焼けて赤みを帯びたようにした。王はやっとまたこちらに顔を向けた、その男はもう両手を天に向けて伸ばし、眼をあてなきものにそそいで、舞踏しながら、ふと鋭いキイキイ声を出して歌い出した。

ハハ愛だ、愛よ愛よ！
愛だ、血だ、誰か独りなからん。
民草は闇を行くのだ、独裁者はヒヒと笑う。
彼は用う百の首、千の首をだ、万の首を！

われは用う一つの首をだ、そして万夫なし。
一つの首を愛するのだ、血よアア！
血よアアだ、アア、アア
アア、アアだ、アア、アア！

歌声に随って、水は鼎のフチから湧き上った、上のほうは尖り、下のほうは広く、まるで小山のような形である。だが水の尖端から鼎の底まで、やむことなく旋回運動がつづく。その首は水の上下するに随って、ぐるりと旋回し、一方でまたくるくると自己回転をする。人々には何だか首がそうやっておもしろがって笑っているかのように見えた。しばらくたつと、突然、逆水の游泳に変わった。渦まきに梭をつきとおすようで、水しぶきははね返って四方に飛び散り、庭中にひとしきり熱い雨を降りそそぐ。一人の小人が急にアッと叫んで、手で自分の鼻づらをなでた。彼は不幸にして熱い湯をひっかぶって、苦痛に堪えず、とうとう叫び声を出さずにはいられなかったのである。
黒色の男の歌声が止まったと思うと、その首も熱湯の中央に停止して、顔を王宮のほうに向けたが、端然とした重々しい顔色に変わった。そのような状態がしばらくつづいてから、はじめてゆるゆると上下に顫動した。顫動から速度を加えて起伏の游泳になった、だがあまり速くはなく、態度はなかなか悠々としていた。水辺をめぐって、あるいは高くあるいは低く游泳して三回まわると、突然、大きな眼を見はった、漆黒の眼の玉

は特別に生き生きとかがやいたが、同時にまた口を開けて歌をうたい出した、

〽王の恵みは流れるのだ、ひろびろと、
怨敵(おんてき)を克服し、怨敵を克服した、何たる強さ！
宇宙に窮(きわま)りあって、万寿はかぎりなし。
幸いにわれはきたのだ、青きその光！
青きその光よ、永遠に忘られず。
二つになる二つになるのだ、堂々たり！
堂々たりだ、アイアイヨー！
アア帰る、アア償うのだ、青きその光！

首は突然、水の尖端まで昇って停止し、いくつも自己回転をやったあと、上下昇降をはじめた。眼の玉を左右に向けてチラリチラリとながめるが、とても美しくなまめかしい、口には相変わらず歌をうたう、

アア、アアだ、アア、アア、
愛よアアだ、アア、アア！
血ぬられた一つの首だ、愛よアア。

われは用う一つの首をだ、そして万夫なし!
彼は用う百の首、千の首を……

ここまで歌うと、それは沈んでいくときであったが、もう浮かび上がってこなくなったばかりか、歌の文句もよく聞き分けられなかった。湧き上がる湯も、歌声のかすかになるにつれて、だんだん低く弱まって、まるで潮が退くのと同じであった、ついに鼎のフチより下に降り、遠くからは何も見えなくなった。

「どうしたのか?」としばらく待って、王は我慢できないようにたずねた。

「大王」と黒色の人は半ば跪きながらいった。「首はいまや鼎の底で世にも不思議な団円の舞いをやっております、そば近く寄らなければ見ることはできません。臣も法術でこれを上に昇らすことはできないのであります、というのは団円の舞いをするには必ず鼎の底でなければならないからでございます」

王は立ち上がって、金の階段をまたぎ下り、焼けるような熱さを我慢して鼎のそばに立ち止まり、首を伸ばして見た。水は鏡のように平らかだ、その首は仰向けになって水の中に横たわっている、両眼でまともに王の顔を見ながら。王の眼が首の顔をまっすぐに見すえたとき、首はニッコリ笑った。この笑顔を王はいつかどこかで見覚えがあるように思ったが、しかしまたそれが誰であるかをとっさには思い出せなかった。驚きいぶかっているちょうどそのとき、黒色の男はもう背負うた青色の剣を抜きとっていた、た王の後項窩から切りおろした、ひらめいて王の後項窩から切りおろした、ボトンと音がして、王の首はもう鼎の中に落ちていた。

仇同士が顔を合わすと、特別に眼ざといものだといわれるが、ましていま狭い鼎の中での出会いである。王の首が落ちて水面に届いたかと思うと、眉間尺の首がそれを迎えて、懸命に王の耳輪にガブリと咬みついた。鼎の水はたちまち沸騰して湧きあがり、ザアザアという音がした。二つの首は水中での死闘である。およそ二十合ばかりも咬み合いをして、王の首は五か所に傷をうけ、眉間尺の首は七か所うけた。王はまたずるがしこくて、いつもうまく立ち廻って眉間尺の後ろへ廻りこむ。眉間尺はふとした不注意から、とうとう王に後項窩を咬みつかれて、どうにも振り切って脱れるすべがなかった。そのとき王の首は咬みついて離さず、だんだん咬み進んでいくばかりであった。鼎の外にまで何だか子供の苦痛の叫び声が洩れてくるように思われた。

上は皇后から下はお伽の臣に至るまで、驚愕のあまり凝結していた顔色も、その声に呼びさまされて活動しはじめた。暗く天日のない悲しみを覚えたかのようで、皮膚には一粒一粒と粟を生じた。だがまた秘密の歓喜もまざり合って、眼を見張った、何ごとかを心待ちにしているかのように。

黒色の男もいささか驚きあわてているようであった、だが顔色は変えなかった。彼はゆっくりと落ちつきはらって、見ても見えない青い剣を握った腕を大きく伸ばした、まるで一本の枯枝のようだ。首を伸ばして、鼎の底をじっと見ているようであった。腕が突然、曲げられたかと思うと、青い剣はイキナリ彼の背後から打ちおろされた、剣がふれると同時に首が落ちて、鼎の中にころげ込み、ポンという音がして、雪白の水しぶきが空中に向かって、同時に四方に飛びあがった。

　黒色の男の首が水に飛び込むや否や、そのまま王の首におそいかかり、ガブリと王の鼻に咬みつき、ほとんど咬み切るばかりであった。王は堪えられずしてひと声「アイヨー」と叫んで口を開けると、眉間尺の首はその機に乗じてもがき脱れ、くるりと向き直ると王の下顎に死ぬほどの力をこめてガッチリ咬みついた。彼ら二人とも咬みついて離さないばかりか、ありったけの力を用いて上と下に引っぱったので、引っぱられた王の首はもう口を合わせることもできなかった。そこで二人は餓えた鶏が米をついばむように、ひとしきりそこらじゅう目茶目茶に咬みあらした。咬まれた王の首は眼はねじけ鼻はくずれ、顔じゅうが鱗のような傷であった。はじめのうちはまだ鼎の中をあちらこちらところげ廻っていたが、あとになるとただじっと横たわったまま呻くばかりで、最後にはひと声も立てず、ただ息を吐くだけ、吸うことはできなくなった。

　黒色の男と眉間尺の首もやがて口を閉じて、王の首から離れ、鼎の内壁に沿うてひとまわり游泳し、王の首が死んだふりをしているか、本当に死んだのかを確かめた。王の首はもう息の絶えたことがわかると、四つの眼と眼が互いに見合って、かすかに笑うと、すぐに眼を閉じ、仰向いたまま、鼎の底に沈んでいった。

四

煙は消え火は絶えた、鼎（かなえ）の水は静まった。特別の静寂が居合わせた人々の心を呼び醒（さ）ました。彼らの中の一人がまず叫び声をあげると、たちまち誰も彼もつづけさまに驚きの叫びをあげた。一人の者が金の鼎のところへ大股（おおまた）に進みよると、人々はわれ先きにひとかたまりになってワッと駈けよった、押しのけられて後ろのほうにいた者は、人の首すじの隙間から向こうをのぞき込むばかりであった。

熱気はまだ人々の顔を火照（ほて）らして焼けるばかりだ。鼎の中の水はしかし鏡のように平らかで、その上には薄い層になって油が浮き、いろいろな人たちの顔を映し出した。皇后、妃、武士、老臣、小人（こびと）、お側（そば）役人。……

「アア、天よ！　われらの大王の首はまだこの中にあるのだ、アイアイアィ！」と六番目の妃が突然、発狂したように泣き喚（わめ）いた。

上は皇后から下はお伽（とぎ）の臣にいたるまで、みなハッと気がついて、そそくさと散らばっていったが、あわてふためいてどうしていいかわからず、めいめいに四つ五つもぐるぐる廻りをした。一人の、最も知恵才覚のある老臣がまた一人で前に進み出て、手を伸ばして鼎（かなえ）のフチのところをちょっと触ってみて、そして全身をブルッとふるわせると、そのまま引きさがって、二本の指を伸ばし、口のところへ持っていっていつまでもフウフウ吹いていた。

人々は気を取りなおして、宮殿の門の外で掬いあげる方法について相談した。およそ三度も粟飯が煮えるほどの時間をかけて、とにかく一つの結論に到達したわけだが、それは、料理部屋から金網の杓子を集めてきて、武士に命じ力をあわせて掬いあげるというのであった。

道具はやがて集められた、金網の杓子、底に孔をあけた杓子、金の盆、雑巾などが鼎のそばに置かれた。武士たちは着物の袖をまくり上げて、金網杓子やら、孔あき杓子やらで、いっせいにうやうやしく掬いにかかった。杓子と杓子とが触れあう音、杓子が金の鼎をこする音。水は杓子がかきまぜられるに随ってぐるぐる廻った。しばらくやっていたが、一人の武士の顔が突然、生真面目になり、用心深く両手でゆっくりと杓子をもち上げた。水は杓子の孔から珠のように漏れていき、杓子の中には真っ白な頭蓋骨があらわれた。人々は驚きの叫びをあげた。彼はその頭蓋骨を金の盆にうつし入れた。「アア！　わが大王よ！」と皇后、妃、老臣からお側役人にいたるたぐいが、みな声をあげて泣き出した。だがまもなく次々に泣くことをやめた。それは武士がまたもや一つ同じような頭蓋骨を掬いあげたからである。

彼らが涙に曇った眼でぼんやりあたりを見廻わすと、ただ武士たちだけが顔じゅう脂汗を流して、また掬いあげていた。その後に掬い出されたものはひとかたまりになったグシャグシャの白い頭髪と黒い頭髪であった、それから何杓子ものこまごましたものもあったが、白い鬚と黒い鬚らしかった。その後でまた一つの頭蓋骨。その後では三本の簪。

鼎の中にはもう白湯だけが残ったときに、やっと手を休めた。撈い出された物件を三つの金の盆に盛った、一つの盆には頭蓋骨、一つの盆には鬚、一つの盆には簪。

「われわれの大王の頭蓋骨は一つしかない。どれがわれわれの大王のものでしょう？」

と九番目の妃が焦立たしそうにいった。

「左様でございますね……」と老臣たちはみな顔を見合わせた。

「もし皮や肉が煮えただれていなかったら、たやすく見分けがつきまするが」と一人のちんちくりんが跪いていった。

人々は気を落ちつけて、頭蓋骨を丁寧に見るより仕方がなかった、だが色も大きさも、ほとんどちがわない、あの少年の頭さえも見分けがつかなかった。皇后が王の右の額には傷跡が一つある、それは太子のときに跌げてケガをしたからである、おそらく骨にも痕跡があるかもしれないといった。果たして、ちんちくりんが一つの頭蓋骨にそれを見つけた。人々が歓喜しているとき、ほかの一人のちんちくりんがまたいくらか黄色がかった頭蓋骨の右額にも似たような痕を見つけた。

「いい方法があります」と三番目の妃が得意そうにいった、「われらの大王の鼻すじはとても高かったわ」

お側役人たちはすぐに鼻すじの研究をはじめた、一つは確かに比較的高いように見えた、だが結局のところいくらの違いもなかったし、最も残念なことは右額の上に跌げた傷の痕跡がないことであった。

「ましてや」と老臣たちはお側役人に向かっていった、「大王さまの後頭骨はこんなに尖(とが)っていたかしらん?」

「わたくしどもは一向に大王さまの後頭骨を注意して見ることを怠っておりまして……」

皇后と妃たちはめいめいに思い出してみて、ある者は尖っていたといい、ある者は平らかだったという。梳(すき)あげ役人を呼んできてたずねたところ、彼はひとことも返事ができなかった。

その夜、王公大臣会議が開かれて、どれが王の頭であるかを決定しようとした、だが結果は昼間と同じであった。そのうえ髪や鬚まで問題を起こした。白いのはもちろん王のものだとして、しかし胡麻塩(ごましお)であったのだから、黒いのも処置にむずかしかった。夜半近くまで討論して、何本かの赤いアゴ鬚(ひげ)を選び出したものの、まもなく九番目の妃から抗議が出た、彼女は王に何本かの真っ黄色いアゴ鬚があるのを見たことがある、いま一本も赤いのはなかったとどうしていえようかというのである。そこでまたもとのとおりいっしょにしたままで、懸案としておくより仕方がなかった。

夜半すぎても、まだ何の結論もでない。人々はそれでもあくびをしながら討論をつづけたが、二番鶏が鳴くときになって、やっと一つの最も慎重で妥当な方法が決定された。それは、三つの頭蓋骨と王の胴体とをいっしょにして金の棺(ひつぎ)に入れて埋葬するしか仕方がないということであった。

七日のあとが葬儀の日で、全城下はたいへんな雑踏であった。城下の人民も、遠くの村々の人民も、みんな駈けつけて国王の「大葬」を拝観した。夜があけると、道路はもう人々の群れが押すな押すなで、その間にはまたたくさんの祭卓が置かれていた。午まえになって、やっと先払いの騎士が手綱をゆるめてやってきた。それからまただいぶんたって、儀仗が見えた、旗、棍棒、戈、戟、弓、大弓、黄金の鉞などといったたぐいである。そのあとが四輛の楽隊車である。さらにそのあとから黄色の蓋がでこぼこ路のために上がったり下ったりしながら、だんだんこちらに近づいてきた。かくして霊柩車はあらわれたのだが、上には金の棺がのっている、棺の中には三つの頭と一つの胴体が入れられて。

人民たちがいっせいに土下座すると、祭卓は一列になって人群れの中にあらわれ出た。いく人かの義民が大いに憤って、涙にむせびながら、あの二人の大逆不道の逆賊の霊魂も、いま王といっしょに祭礼を受けることを口惜しがった。だがそれはどうにも仕方のないことであった。

そのあとは皇后と多くの王妃の車だ。人民は彼女たちを見たし、彼女たちも人民を見て、ただ泣くばかりだ。そのあとは大臣、お側役人、ちんちくりんなどの輩で、みんな哀しそうな顔つきをつくっていた。だが人民はもう彼らのほうを見なかったし、行列も目茶目茶に乱れて、くずれてしまっていた。

（一九二六年十月）

後記

魯迅というのはペン・ネームで、本名は周樹人といい、一八八一年に生まれ、一九三六年に亡くなったが（享年五十六）、彼の生存した時期の中国史の年代は、今日の中華人民共和国が誕生する前夜にあたり、混乱と流血が相つぎ、圧制と暗黒が支配していた。このような時代に生きた魯迅は、文学者としてではあるが、その出発から最後の息を引きとるまで、戦いの連続であった。毛沢東は「魯迅は文化戦線で全民族の大多数を代表していた、魯迅の方向が中華民族新文化の方向である」（『新民主主義論』）といったが、魯迅の文筆活動は、今日の新しい中国に直結するものであった。

ただ魯迅の文筆活動は、小説、散文詩、評論随筆、翻訳、文学史研究など、あらゆる分野にわたっていて、とくに分量的には「雑感文」といわれた短い評論性随筆の方が、小説よりもずっと多いし、彼が精力を傾けて、民族の歴史にぶつかって行った姿勢は、むしろこの方面でいっそう火花を散らし、血しぶきを浴びて発揮されている。

だが魯迅（ルーシュン）がまずデビューしたのは、その小説によってである。小説を書く前からも、またそれを書きながらも、一方では評論性随筆の「雑感文」をたえず書きつづけたのだが、しかしはじめて多くの人々に強い反響をよび起こし、中国の文学に新しい時代を劃（かく）する存在として知られるようになったのは、小説作家としてであった。小説家的活動はしかし中途で停止し、以後はもっぱら雑感文――政治性の強い、戦闘的な社会時評的エッセイ、彼自身の表現によれば「匕首（あいくち）」、あるいは「投槍」に匹敵する短文に集中された。これはもとより一般的な社会的政治的混乱がもはやギリギリの段階、すなわち革命の段階に達して、彼自身もつねに身辺をおびやかされ、逮捕の手をくぐり抜けて逃げ廻（まわ）り、あるいは身を匿（かく）す、という事態の中での文筆活動であったからである。

だから魯迅（ルーシュン）が小説を書いた時期は、彼の生涯の中では早期、あるいは前期に属するわけで、混乱と暗黒の中にあったとはいえ、彼の個人生活はまだ比較的に安定した時期であった。したがって後期の評論随筆に比べると、かなり余裕のある筆づかいで、彼の詩人的な、あるいは抒情的（じょじょうてき）な一面が、進化論的ヒューマニズムに支えられた鋭い風刺と適度にとけ合って、みずみずしい世界を展開しているものが見られる。では小説家魯迅（ルーシュン）はどのような時点から出発し、またそれにどのような意図を託（たく）したか。

彼自身がのちに語った「私はどうして小説を書くようになったか」という随筆の中で、

次のようにいっている、「私が文学に関心をもった時代は、情況は現在とはたいへんちがっていた。中国では、小説は文学とは考えられておらず、小説を書く者も決して文学者とはいわれなかった。だから誰もこの道で世に出ようと思うものはなかった。私もまた小説を『文壇』にもち込もうという考えはなく、ただその力を利用して社会を改良しようと思っただけである。（中略）もちろん小説を書くからには、どうしても多少の主意を自らもっているわけだ。たとえば、『何のために』小説を書くかということになると、私はやっぱり十何年前の『啓蒙主義』を抱いていて、必ず『人生のため』でなければならぬ、しかもこの人生を改良せねばならぬと考えるのである」。魯迅の文筆活動の中で、小説がどのような位地を占め、それがまたどのような傾向をもつものであったかは、以上の彼の言葉が説明してくれていると思う。つまり彼は小説に啓蒙的な政治的機能を期待したのであるが、しかしそれが文学として成りたつためには、表現の芸術性を無視することに彼は反対であった。そのことはまた作品そのものが証明していると思う。

以下ここに翻訳した彼の作品について、解説を加え、読者の参考に供したい。

『狂人日記』は作者の処女作で、この一篇によって彼は作家としてデビューし、同時に若い年代の青年学生たちのあいだに異常な反応をよび起こした。この作品が当時、どうして「新文学の第一声」として新鮮な感動を呼び起こしたかというに、表現方式として口語文であったこと、思想的には反儒教主義を強く打ち出していたこと、この二つが、作品そのものの鑑賞に先んじて、まず読者、とくに青年読者を感動させるものが多かったことは否定されない。当時の中国では、もともと伝統絶対の保守的傾向が一般に支配的で、すべての分野においてそうであったが、文学の方面でも文語文が表現方式のオーソドックスとされ、口語表現によるものは文学とは見られず、古典的教養のないものの読み物として、知識人の軽視するところであった。だが文語文は今日生きている人間の思想・感情を正しく適切に表現する機能をいまや失っている、今日の生きた人間の思想・感情は、今日通用する言葉、口語によって表現されねばならない——という主張にもとづく言文一致の運動が、雑誌「新青年」を中心に、留学生や留学生出身の大学教授によって一九一七年以来展開されていた。このことはまた同時に、文化をいつまでも古典的教養を誇る特権的知識人のみが享有するものたらしめてはならぬ、一般庶民にもひとしく開放されねばならぬという中国近代化（民主化）運動の一環にほかならなかった。だから口語文運動は、そのまま当時の反封建的な思想解放運動につながっていて、その一翼を担って出てきたものであった。ところが当時における思想解放のための最大のガンは、二千年来の伝統をもって権威づけられている儒教であった。これがいつも中国社会のあらゆるものの中枢にあって、文化や道徳を規制し、支配していた。この儒教からの解放がまずなされなければ、中国は永久に近代社会への脱皮は不可能であるとして、打倒儒教の運動を強く打ち出していたのがまた「新青年」であった。このように「新青年」は中国近代化への啓蒙運動の中心舞台であったが、「狂人日記」はこの雑誌に、この雑誌の同人の一人にすすめられて発表されたのである。したがってこの作品は、基本的にはこのような当時の「新青年」運動を推しすすめるという性格をもっていたことが、まず理解されねばならない。儒教を原理とする中国封建社会の中核をなす家族制度を、「人が人を食う」ものだという発想で批判し、その根本にある非人間的な、前近代的な倫理をあばいたのが「狂人日記」であった。そしてそれを庶民的な、生新な口語表現で作品化したのである。分量的にいえばきわめて短小でありながら、この一篇が新しいエポックを劃したといわれる所以(ゆえん)はここにあった。

作者はこの処女作「狂人日記」について、これはすべて自分がこれまでに読んだ百篇ばかりの外国作品（ロシア、ポーランド、およびバルカン諸小国の作家のものを特に多く読んだといっているが、中でもロシアのゴーゴリとポーランドのシェンキヴィッチを愛読したという）と若干の医学上の知識（彼は仙台医学専門学校に二年在学した）のお蔭(かげ)だといっている。題名の「狂人日記」からして、この作品がゴーゴリの『狂人日記』にヒントを得たものであることは直ちに推測されるが、しかしそれと同時に、弟の周作人(チョウツオレン)の説によれば（『魯迅小説裏的人物』）、魯迅(ルーシュン)の従兄(いとこ)に本当の被害妄想狂患者がいて、魯迅(ルーシュン)がいろいろ面倒をみたことがあり、そのナマな経験を十分に生かしているから作品としてのリアリテーがとらえられているのだといっている。要するにこの作品の主題は、儒教の人間侵害を批判したもので、最後の言葉「子供を救え……」に見られるように、中国に、解放された新しい人間の誕生を待ち望んだものであるといえるが、これはまた作者が早くから抱いた進化論的ヒューマニズムの改革思想を打ち出したものである。

「孔乙己（クンイーチー）」は前時代のインテリの無惨な末路を描いているが、過去をとむらう痛烈な風刺の中にも、作者の哀愁にみちた人間的な眼がある。小篇ながら、巧まぬうま味があって、全作品の中でも芸術的な感銘といったものの深い好短篇といえよう。痛烈な戦闘的な気性と同時に、それと微妙にからみ合う作者の温かい人間感情を、この作品は見せていて、それが作品の感銘を深くしているのではないかと思われる。

「小さな事件」は、小説ではなく小品というべきものだが、この小さな事件がいつまでも心に残って、つきまとい、自分の卑小を自責する作者の生まじめな、人道派的な人柄を示すものだと思う。あるいはこれを幼稚と見る人もあるかと思うが、訳者はここに魯迅（ルーシュン）の本領があると考える。書き方についていえば、それほど手際よく、うまくまとまっているとはいえないようで、それがあるいは幼稚という印象さえ一部の人に与えることになっているかとも思う。しかし魯迅（ルーシュン）精神の縮図、というよりは根元にある核ともいえるものを、ここに見るように思う。この中にうかがわれる魯迅（ルーシュン）の思想は今日の中国に通じるものが多いようで、しばしば引用され、論評され、また教科書にも入れられている。

「故郷」は都会生活になじんだ「私」が、家をたたむために、久しぶりに故郷に帰ったときの見聞と感慨をないまぜて描き出したものだが、純朴な農村の少年が、周囲の情況の悪化とともに、生活にいためつけられ、疲れ切った姿を、父子二代を巧みに配合交錯させながらとらえている。田園の風光の中にいくぶん、詠嘆の色調さえただよわせているが、おそらく当時の実情と作者の実感をそのまま作品化したものであろう。この「故郷」の最後のところで、希望というものについて反問し、希望とはもともとがいわゆる「有」でもなく、またいわゆる「無」でもない、それは地上の路(みち)と同じで、地上にはもともと路はないのだが、そこを歩く人が多ければ、路になる――という考え方は、つねに魯迅(ルーシュン)の思想と行動の根底にあって、彼の絶えざる、そして果敢な前進の精神を支える哲学であった。この言葉もまた魯迅(ルーシュン)を論評し、解釈する人たちによってしばしば引用されるものである。

「阿Q正伝」は魯迅(ルーシュン)の作家的存在を文学史に大きく位置づけ、またしっかりと定着させた代表作である。作者は前文にも引用した「私はどうして小説を書くようになったか」の中で、「私の取材は、多く病態社会の不幸な人たちの中からとったが、その意図は病苦を掲げ示して、治療の注意を喚起するにあった」といっている。このことはもとより彼の作品全体にわたっていえるわけだが、しかしこのような意図による作者の文学は、特に『阿Q正伝』において最も集約的に、そして最も典型的に描き出されているということができよう。この小説はもと新聞の付録版に、毎週一回、一章ずつ連載され、はじめ編集者から、気晴らしの読物という注文で書かれたというし、署名も魯迅(ルーシュン)とはせず、「巴人(はじん)」(未開な野人の意味)とした(『阿Q正伝的成因』)。だから特に書き出しの部分などは滑稽(こっけい)な調子で、ふざけたような筆づかいが見える。しかしいつのまにか作者の生地が出てきて、民族的マイナス面への悲しみを込めた叱咤(しった)になっていく。このいく分ふざけた調子も、作者のいう病態社会に対する風刺のサビをいっそう効果的にしていると思うが、その中であやつられ、うごめく民族的なマイナス面として典型化された阿Qも、一片の同情を禁じ得ない人間像としてわれわれに印象づけられる。この作品はだが作者が身をもって経験し、青春の情熱をそそぎこんだいわゆる「辛亥革命」（一九一一年）の内臓を痛烈にあばき、その失敗を教訓として再び新しい民族的決意を促すという主題が強くつらぬかれている。国民的なマイナス面を手ひどく突いたのは、つまりは次の段階への啓示としてであった。

「家鴨の喜劇」はスケッチにすぎないが、情景が印象的にとらえられ、さらりとした、すなおな文筆の動きは、ほかの小説にはあまり見られないものがある——翻訳ではそれがうまく出ているかどうか疑問だけれども。魯迅は外国の童話をいくつか翻訳して、中国にも新しい童話文学のひらかれることを期待したが、この作品には、そのような彼の童話的世界とでもいったものを展示しているように思われる。

以上の六篇は、作者の第一創作集『吶喊』（一九二三年）に収められているものの中から選んだが、ほかにいま第二創作集『彷徨』（一九二六年）から「孤独者」を、回想記『朝花夕拾』（一九二八年）の中から「藤野先生」を、歴史小説集『故事新編』（一九三六年）の中から「眉間尺」を選んで加えた。次にこれらの作品についてふれておく。

「孤独者」は作者の友人（同時に日本に留学し、また帰国後、紹興師範学校で同僚であった范愛農）がだいたいモデルになっているとされるが、祖母の葬式のとき、親族や縁者たちの前で奇妙な大泣きをする場面は、実は作者自身のことを書いたものだと弟、周作人はいっている（『魯迅小説裏的人物』）。そのような古い慣習を無視する反俗精神は、本来、作者自身がもっていたもので、改革者であった魯迅の一面を知ることができると思う。だがこのような主人公も、当時の種々な困難な情況の中で、とうとう最も嫌悪した軍閥にすがることによって生存を維持せねばならなくなる（これは現実の友人、范愛農の履歴そのものとはちがうけれども）。ここで作者は主人公を罵倒する態度よりも、むしろ生活に敗北した者に対して、消極的ながらいくぶん同情を示しているかのようだ。作者が別のエッセイで、人間の条件として「人はまず生存せねばならぬ」ということを第一にあげていることと思いあわせて考えられる。しかしこの作品には何よりも現実の友人への友情が土台にわだかまっていて、作品への制約になっているのではないだろうか。同じく知識人の無惨な末路をとりあつかうにしても、孔乙己を見る作者の眼と、この魏連殳を見る眼とでは、かなりのちがいがある。孔乙己では主人公をつっ放して、客観的に見ているようだが、ここでは作者が主人公につきすぎている感が多い。このようなちがいは、作者自身の主観的な精神情況の位相のちがいからきているということができる。つまり『吶喊』の時代と『彷徨』の時代とのちがいである。この時期の作者は、その作品集につけた『彷徨』という題名が象徴しているように、第一創作集につけられた題名『吶喊』の時期、具体的にいえば「五・四」（全国的な反封建的な旧物破壊の国民運動）前期の疾風怒濤のヤマがすぎて、その波頭がややくずれたところに出てきた一種のためらいの状態が（だが実は次の段階への飛躍の前のためらいであり、彷徨であったといえるが）

作者を支配していたことが考えられる。

「藤野先生」は日本留学中（作者は一九〇二年三月から一九〇八年八月まで、二十歳から二十六歳まで日本に留学した）の思い出のひとこまで、作者が終生の師と仰いだ藤野厳九郎氏のことを回想して、思慕を寄せたものである。昭和十一年、訳者が佐藤春夫氏と共同して、岩波文庫から『魯迅選集』を出版するとき、まだ存命中であった作者に、どのような作品を選んで訳したらいいかと問い合わせたところ、勝手に選んでもらっていい、ただ「藤野先生」だけはぜひ入れてほしいとのことであった。ながく消息の絶えた旧師が、いまも在世かどうか確めようと思ったからであったろう。だがその選集が出版されても、藤野先生については何の消息もきかれなかった。その後、訳者が五年ぶりに上海を訪れ、死の病床にあった作者を見舞ったときも、あの選集が出ても何の消息もきかれないところを見ると、藤野先生はもう死んだのかもしれないと、魯迅は残念そうな顔で語ったのを覚えている。藤野先生が福井県の片田舎に隠棲し、診療所をひらいていることが知られるようになったのは、作者の死後で、魯迅の死が当時の日本のジャナリズムにも、かなり大きく取りあげられてからであった。それはともかく、この作品は国際的な暖い人間のつながりを書いたものとして、いま中国では教科書にも入れられていると、魯迅未亡人（許広平）は先年来朝したとき話していた。

「眉間尺」（のちに「鋳剣」と改題）は作者が古代の歴史に取材して書いたいくつかの短篇の中の一つである。この話は古い野史というべき『越絶書』、『呉越春秋』、あるいは

『列異伝』などに見えるものであるが、この古い物語にことよせて現代の独裁者を呪う作者の激情がほとばしり、青白い冷たい剣光にも似た妖気さえただよわせて凄惨である。その底をつらぬいているものは、ほとんどわれわれの理解を超える執拗な、野太い復讐心である。不断の戦闘者としての魯迅を、肉体の内側から支えていたものは、このような不屈な、本能的ともいえる復讐心ではなかったかと訳者は考えるのだが、この作品はそのような、いわば自然的人間としての作者の内部にあるものが、独裁者という個人支配欲の権化にぶつかり、社会的人間としての自覚的な怒りと憎悪がたたきつけられ、それが一つになって溶化し、青黒くドス黒い、奇怪な世界をつくり出している。これは独裁者の支配したドス黒い古代が、そのまま現代にも生きていると見た痛烈な風刺でもあろうが、しかし作者のはげしい怒りと憎悪が、呪いを込めて打ち出された作品になっている。

魯迅を正面的に観察して、誠実なヒューマニストと規定することには、もとより異論はないけれども、しかしそれをただ浮き上がった理想像的観念としてとらえるだけでは単純にすぎるのではないか。彼は別に「フェア・プレーは後廻しにすべし」というエッセイを書いているが、いわゆる「フェア・プレー」というようなものは相手によりけりで、いつどこででもそれは通用するものではない、そんなまことしやかな自己満足で油断をすれば、相手から打ちのめされ、殺されてしまう、という例を作者は革命さわぎの過程でしばしば見た。食うか食われるかの場に生きた作者が、現実の経験から得た生きのこるための教訓は、そんな生やさしいものではなかったのである。魯迅は復讐を悪とは考えていなかったばかりか、それが消磨することを民族衰弱の原因と見ていた。彼の青少年時代は、祖国と民族は二百数十年来の征服者である異民族（清朝）に支配されていた。この民族的屈辱感は長い年月のあいだにほとんど磨滅していたが、一部の自覚者が復讐心にもえて民族革命の烽火をあげ、作者も青春をそれに賭けた、そのような気運の中で彼は成人した。そして民族革命は成功して清朝は崩壊し、中華民国が誕生したが（一九一一年）、しかし異民族の統治にとって代わったものが、今度は列強帝国主義にあやつられる軍閥独裁で、政治は混乱し、圧制と流血がほとんど日常的なものにさえなり、人々の身辺をとり巻いた。このような時代に生きるためには、手ぬるいことはゆるされるはずはなかった。作者たちが青春の日に夢みた結果はこのようなものとして報われたことを彼は悲しんだ。革命は騙りとられたのである。だから対象は変わったが、革命はつづけられねばならず、復讐はつづけられねばならなかった。この作品は、このような情況の中で、作者の肺腑から出てきたものだといえよう。

次に読者の参考までに簡単な年譜を添えておく。この中で彼の著作は、その死後に出たものもみなあげておいたが、訳書はすべて省略した。しかし分量からいえば訳書のほうも著作とほとんど相半ばし、重訳もふくめて、だいたい日本語、ドイツ語からのものである。魯迅とその周囲も加えた詳細な年譜、および彼の著訳書目録としては、岩波版『魯迅選集』別冊の『魯迅案内』（一九五六年）の中に収められているものが、今のところ完備に近いといえる。

一九六一年一月

訳　者

解説

佐高　信

私は作家を、生に重心を置く人と、死に重心を置く人に分けている。私の中で前者の代表が魯迅であり、後者の代表が三島由紀夫である。

魯迅は『魯迅選集』第十二巻（松枝茂夫訳、岩波書店）所収の「死」という文章に、次のような箇条書きの遺書を残している。

一、葬式のためには、誰からも、一文たりとも受け取ってはならない。——ただし、古くからの友人のは、この限りにあらず。
二、さっさと棺に納め、埋め、片づけてしまうこと。
三、記念に類することは、一切やってはならない。

だ。
四、私を忘れ、自分の生活のことを考えること。——さもなくば、それこそ大馬鹿者
五、子供が大きくなって、才能がないようだったら、つつましい仕事を求めて世すぎをさせよ。絶対に空虚な文学者や美術家になってはならぬ。
六、他人が与えるといったものを、当てにしてはならぬ。
七、他人の歯や眼を傷つけながら、報復に反対し、寛容を主張する人間には、絶対に近づいてはならぬ。

この中の、特に三に私は博たれる。「記念に類することは、一切やってはならない」である。

魯迅は死を美化してはいない。野垂れ死ぬより野垂れ生きることをさえ主張している。

たとえば、本書所収の「孤独者」で、作中人物に、

「僕はまだしばらく生きねばならない！」

と言わせ、こう呟かせる。

「以前は、まだ僕に生きてもらいたいと思ってくれる人がいたし、僕自身もまたしばらく生きたいと思ったが、その時には、生きて行けなかった。いまはもう、すっかりその必要はなくなったが、しかし生きて行こうと思う……」

三島由紀夫は太宰治を嫌悪したが、太宰の中に野垂れ生きる精神を見たからだろう。

もちろん、生を絶対化すると、どんなことをしてでも生きることがいいことだとなってしまう。そうではなくて、生に重心を置くということは日常を大切にするということである。あるいは、平凡をいつくしむ。

死をキイワードにした三島に対して、魯迅は生および生活をキイワードにした。

魯迅の短文にこういうのがある。

虎に追いかけられたら、自分は木に登る。そして、虎がいなくなった後に降りてくる。虎がいつまでも待ちつづけたらどうするか。木に自分の体を縛りつけて、死骸も虎に食わせない。

これは潔くは死なないという思想である。死は決して潔いものではない。死を潔いとするのはエリートの思想であり、魯迅はそれに対して、泥まみれになっても生きてやる、と打ち返した。

ニーチェは「神は死んだ！」と叫んでキリスト教に反逆したが、魯迅は儒教に徹底的に抵抗し、その教えを引っくり返した。

たとえば、魯迅に傾倒したジャーナリストのむのたけじは、河邑厚徳著『むのたけじ笑う101歳』（平凡社新書）の中で、魯迅に「最も惹かれたのは、論語を真っ正面から敵視したことだな。孔子を真っ正面から叩いたのが彼で、私も本当にそうだと思ったの」と告白し、「左の端にも右の端にも行くな、真ん中で行くのがいい道徳だ」という『中庸』はおかしいと続ける。そして、こう結論づける。

「私は貧乏人の子で、権力支配を受けてきて、それはとんでもないと思っていた。貧乏人が問題を突き詰めて考えて勝負してこそ、世の中を変えられる。真ん中でプラプラやっているのはごまかしだと思ってね。だから私は孔子の論語はごまかしだと思っている」

誰もが疑わない「親孝行」でもそうである。

魯迅の「朝花夕拾」に「二十四孝図」が入っている。これは儒者が二十四人の孝行者とされる歴史上の人物を絵入りで解説した通俗本について、魯迅が否定的に書いた評論である。

その中の一つに「郭巨、児を埋む」がある。

ある子どもが母親の腕に抱かれてニコニコ笑っているが、彼の父親は、いましも彼を埋めるために穴を掘っている。その説明に言う。

「漢の郭巨、家貧し。子あり、三歳なり。母かって食を減じて之に与う。巨、妻に謂って曰く、貧乏にして母に供する能わず、子また母の食を分つ。盍ぞ此を埋めざる？」「坑を掘ること二尺に及んで、黄金一釜を得。上に云う天、郭巨に賜う、官も取ることを得ず、民も奪うことを得ず、と」

この話を引いて魯迅はこう考える。

私は最初、その子どものことが気がかりで、手に汗を握った。黄金一釜が掘り出されて、やっとホッとした。だが私はもう自分が孝子になる気がなくなったばかりでなく、父が孝子になったら大変だという気がした。そのころ私の家は左前になっていて、父母がしょっちゅう食いぶちの心配をしているのが耳に入った。それに祖母は年老いている。もし父が郭巨のまねをする気になれば、埋められるのはこの私ではないか。もし郭巨の時と同様に一釜の黄金が掘り出されれば、むろん、この上ない仕合せである。だが、そのころ私はまだ小さくはあったが、世の中にそんなうまい話はザラにあるものではない、というくらいの智慧はあったと思う。

つまり、貧しくて母親に食を与えることができないので、自分の子どもを埋め殺してしまうのは当然であって、それが親孝行の道だと儒者は説くのだが、魯迅は、自分の父親が郭巨のような孝行息子だったならば、自分が埋められてしまう立場になるという子ども時代の恐怖を語っている。

日本でも、特に戦時中の天皇制教育は、教育勅語に象徴されるように、上から下への儒教的イデオロギーだったが、しかし、道徳は上から押しつけられた途端に腐ってしまう。それは自発的なものではなくて強制的なものになり、道徳ではなくなるのである。

魯迅は鋭くその点を告発した。

書いている。

「報復の論理」も儒教的には否定されるだろう。しかし、魯迅はそれを否定しない。〝日本の魯迅〟といわれた竹内好は、『魯迅評論集』（岩波文庫）で、魯迅についてこう書いている。

「苦しくなると、とかく救いを外に求めたがる私たちの弱い心を、彼はむち打って、自力で立ちあがるようにはげましてくれる。彼がとり組んだ困難に比べれば、今日の私たちの困難はまだまだ物の数でないのだ。これしきの困難に心くじけてはならない。ますます知恵をみがいて、運命を打開しなければならない。魯迅は何ひとつ、既成の救済策を私たちに与えてくれはしない。それを与えないことで、それを待ちのぞむ弱者に平手打ちを食わせるのだが、これ以上あたたかい激励がまたとあるだろうか」

努力すれば必ずそれは報われる、という考え方がある。「苦あれば楽あり」という因果応報的世界観だが、これは「苦あれば楽あろう」、これだけ努力すれば必ず報いられるだろうという祈りにも似た願望が短絡したものであり、〝現実〟は「苦あっても必ずしも楽あらず」である。

それではそれこそ報われない、と言う人がいるかもしれないが、見当ちがいの努力もあるだろうし、どう努力しても浮かびあがれない人もいる。たとえば、魯迅が「故郷」

で描いた閏土は〝努力〟しなかっただろうか。

そう前提した上で魯迅は「報復の論理」を展開する。


「花なきバラの二」は、一九二六年三月十八日、中国の時の軍閥政府によって多くの青年が虐殺された「民国以来最も暗黒の日」に書かれたものだが、

「これは一つの事件の結末ではない、一つの事件の発端だ。

墨で書かれたタワ言は、血で書かれた事実を隠しきれない。

血債は必ず同一物で償還されねばならぬ。支払いが遅れれば遅れるだけ、いっそう高い利息をつけねばならぬ！」


という激しい文字で綴られている。

報われ難い〝現実〟があるからこそ、「報復の論理」は必要なのであり、「血債は償還され」ていないからこそ、必ず「償還されねばならぬ」のである。

「挫折」は多く、これだけ努力すれば報いられるであろうという「期待」と、「現実」をとりちがえたところから生まれる。そこには当然、無意識的にもせよ己れの力に対する過信がひそんでいる。

私が名づけた「まじめナルシシズム」の腐臭はそこからたちのぼる。

魯迅がそうした腐臭と無縁なのは、己れの力などなにほどのものでもないことをハッ

キリと知っているからであり、「努力」が報われ難い〝現実〟であるからこそ、「絶えず刻む」努力が必要であることを知っているからである。

「私は人をだましたい」や「フェアプレイは時期尚早」といった魯迅の刺言を読んで、私は「至誠天に通ず」式のマジメ勤勉ナルシシズムから自由になった。

マジメ主義者や「誠実」讃美者（とかくこれらの「主義者」は他人に対するマジメや誠実よりも己れに対するそれを優先させる）は、よく「真実」を他人に預けて（「告白」！）自分の重荷を軽くする。

竹内好は「日本文学にとって、魯迅は必要だと思う。しかしそれは、魯迅さえも不要にするために必要なので、そうでなければ魯迅をよむ意味はない」と喝破した。日本文学にとってだけでなく、日本人にとって魯迅が必要なのだと私は思うが、魯迅精神を体現した竹内のある日の日記の次の記述は私を仰天させた。

「ニセ札に報償金がついた。三千円以上と言う。今まで発見されただけで二百枚に近い。これでまた話題になるだろう。ただ私は、ニセ札をあつかうジャーナリズムの態度が気に入らない。ニセとは何か、本物とは何かをもっと疑わねばならぬのに、そうしていない。必要流通量以上に放出される通貨はすべてニセではないのか。お上の御威光がうすらいだ今ではニセ札感覚も変っているはずなのに、その機微をとらえようとしない新聞記者や漫画家はみんなナマケモノだ。ニセ札事件をインフレーションと結びつけて論じる評論があらわれぬのはおかしい。ニセ札の鑑別法や図柄だけが話題になるジャーナリズムは健全でない」

たとえホンモノであっても、「必要流通量以上に放出される通貨」はニセなのだというこの指摘に私は瞠目した。

一九九八年秋に、私はNHKの「課外授業　ようこそ先輩」で、郷里の小学生に、それぞれのお札をつくってもらったが、ヒントはここにあったのである。

「私は天国をきらひます。支那に於ける善人どもは私は大抵きらひなので若し将来にこんな人々と始終一所に居ると実に困ります」

魯迅はある人への手紙でこう書いている。魯迅は「いわゆる聖人君子の徒輩に少しでも多く不愉快な日を過させたいために」生きた。竹内もそれは同じだった。

「秀才たちが何を言うか、私だってこの年まで生きていれば大方の見当はつく。たぶんそれは全部正しいにちがいないのだ。けれども正しいことが歴史を動かしたという経験は身にしみて私には一度もないのをいかんせんやだ」

一九六三年一月十八日付の竹内の日記である。

魯迅は、とりわけ卑屈なドレイ根性、ドレイ精神を排した。学生時代に私は友人に、日本人にはマルクスやウェーバーよりも魯迅を読むことが必要だという手紙を書いたことがあるが、残念ながら、その思いはいまも変わらない。多数に従う「いい人」ばかりになっている日本には、いまこそ、魯迅というある種の爆薬が必要なのである。

魯迅略年譜

※年齢は数え年。

一八八一年（一歳）

八月三日（旧暦）、浙江省紹興に生る。姓は周、名は樹人、字は豫才。魯迅はそのペン・ネームで三十八歳の時から用う。魯は母方の姓。

一八九三年（十三歳）

祖父（県知事などした）は入獄し、父は重病（肺結核）に臥し、家庭困窮。このころより魯迅は質屋と薬屋によく出入す。

一八九六年（十六歳）

父死す、年三十七。家庭ますます困窮。

一八九八年（十八歳）

南京に行き、江南水師学堂に入る。

一八九九年（十九歳）

改めて江南陸師学堂付属の路礦学堂に入る。課業の余暇に訳本新書を読み、特に小説を好む。

一九〇一年（二十一歳）

路礦学堂卒業。

一九〇二年（二十二歳）

江南督練公所から日本に派遣留学。東京の弘文学院（中国留学生に日本語と一般学科を授く、日本の高等専門学校に進むための予備校）に入る。課業の余暇に哲学および文芸書を読み、特に人性および国民性の問題に留意す。

一九〇三年（二十三歳）

夏、（暑中休暇？）帰国してまた東京に来る。雑誌「浙江潮」に論文を発表す。

一九〇四年（二十四歳）

祖父死す、年六十八。
秋、仙台に行き医学専門学校に入る。同校二年で中退す。

一九〇六年（二十六歳）
夏、帰国し朱氏と結婚。秋、単身また日本（東京）に来る。医学を中止し、文芸を研究す。

一九〇七年（二十七歳）
留学中の友人と謀り文芸雑誌「新生」の出版を計画す、資金難のため中途にて挫折。雑誌「河南」に論文を発表す（のちに『墳』に収む）。

一九〇八年（二十八歳）
章炳麟について古典を学ぶ。「光復会」（当時の革命党）の会員となる。

一九〇九年（二十九歳）
アンドレエフの短篇二、ガルシンの短篇一を訳し、弟周作人の訳した他の諸篇と合し『域外小説集』（第一冊、第二冊）と題して出版。夏、帰国し浙江両級師範学堂（杭州）の生理学・化学教員となる。

一九一〇年（三十歳）
紹興中学堂の教員兼監学となる。

一九一一年（三十一歳）
この年、辛亥革命起こり清朝（君主専制）崩壊す。試作的小説「懐旧」（文語）を書く。

一九一二年（三十二歳）
中華民国臨時政府南京に成立、招かれて教育部に入る、間もなく政府と共に北京に移り、以来一九二六年まで教育部の役人生活をつづけ、余暇に（小説を書き出すまでは）古い石刻の拓本を集めて抄写し、また中国小説史に関する資料を集めて校訂す。

一九一八年（三十八歳）
雑誌「新青年」に第一作「狂人日記」発表。以後続々と小説を書く。また同誌に短評的感想文「随感録」をしばしば書く。

一九二〇年（四十歳）
北京大学・北京高等師範学校の講師となる。

一九二一年（四十一歳）
北京の「晨報」に「阿Q正伝」を連載す。

一九二三年（四十三歳）
第一創作集『吶喊』出版。
『中国小説史略』上巻出版。

一九二四年（四十四歳）
『中国小説史略』下巻出版。
雑誌「語絲」刊行され（弟周作人の編集）、特別寄稿家となる。

一九二五年（四十五歳）
第一短評雑感集『熱風』（一九一八—二四年間の所作を集む）出版。

一九二六年（四十六歳）

三月十八日、いわゆる「三・一八」事件（外交問題について政府に請願デモを行った学生団が政府の衛兵に銃撃され死者を出す）起こり、急進的知識人逮捕の噂あり、五月まで北京市内各所を転々避難。

八月、北京を去り（このとき許広平を伴う）厦門に行き、厦門大学教授となる。十二月辞任。

第二創作集『彷徨』出版。

第二短評雑感集『華蓋集』（一九二五年間の所作を集む）出版。

一九二七年（四十七歳）

一月、広東に行き、中山大学文学系主任兼教務主任となる。四月国民党の反共クーデター起こり、嫌疑をうけて辞任、監視さる。

第三短評雑感集『華蓋集続編』（一九二六年間の所作を集む、二七年の通信一篇を付す）出版。

『墳』（一九〇七—二五年間の論文と随筆を集む）出版。

『野草』（散文詩二十三篇を集む）出版。

十月、上海に脱出。以来死に至るまで上海に留り、許広平と同居。

一九二八年（四十八歳）

雑誌「奔流」を編集出版。

『朝花夕拾』（回想記十篇を集む）出版。

第四短評雑感集『而已集』（一九二七年間の所作を集む）出版。

一九二九年（四十九歳）

男子生まる、名は海嬰。

雑誌「萌芽」を友人と共編出版。

一九三〇年（五十歳）

「自由大同盟」成立し、発起人の一人となる。

「左翼作家連盟」成立し、発起人の一人となる。

「自由大同盟」弾圧され、一時避難す。

版画の指導を志し、所蔵の外国版画を公開して「版画展覧会」を開く。

一九三一年（五十一歳）

左翼作家の逮捕事件あり一時避難す。

木版画講習会を開く。

一九三二年（五十二歳）

第五短評雑感集『三閑集』（一九二七—二九年間の所作を集む）出版。

第六短評雑感集『二心集』（一九三〇—三一年間の所作を集む）出版。たちまち禁圧。

一九三三年（五十三歳）

「民権保障同盟」に加入、執行委員。

『魯迅自選集』（従来の著書より十七篇選ぶ）出版。

『両地書』（許広平との往復書簡を集む）出版。

何凝（瞿秋白）編『魯迅雑感選集』（従来の短評雑感集より七十四篇選ぶ）出版。

第七短評雑感集『偽自由書』別名『不三不四集』（一九三二—三三年間の所作を集む）出版。

一九三四年（五十四歳）

第八短評雑感集『南腔北調集』（一九三二—三三年間の所作を集む）出版。

雑誌「訳文」を編集出版。

第九短評雑感集『准風月談』（一九三三年間の所作を集む）出版。

一九三五年（五十五歳）

揚霽雲編『集外集』（短評雑感、論文、詩等でこれまでの集中に漏れたものを集む）出版。

『中国新文学大系』のうち『小説二集』を編集。

『門外文談』（中国の言語・文学に対する改革意見、ただしのち、『且介亭雑文』に収む）出版。

一九三六年（五十六歳）

『故事新編』（歴史小説八篇を集む）出版。

第十短評雑感集『花辺文学』（一九三四年間の所作を集む）出版。

三月発病、五月再発、微熱つづく、十月十九日死亡。

一九三七年

許広平編『魯迅書簡』（影印本、友人への書簡六十九通を集む）出版。同名の活字本（許広平編）は書簡八百余通を集め、一九四六年出版。

また一九五二年『魯迅全集補遺』として出版。

第十一短評雑感集『且介亭雑文』（一九三四年間の所作を集む）出版。

第十二短評雑感集『且介亭雑文第二集』（一九三五年間の所作を集む）出版。

第十三短評雑感集『且介亭雑文末篇』（一九三六年間の所作を集む）出版。

一九三八年

許広平編『集外集拾遺』（揚霽雲編『集外集』を補うもの）出版。（ただし『魯迅全集』の中に収載）
魯迅先生記念委員会編『魯迅全集』（著作と翻訳の全部、および古書集録の大部分を集む、二十冊）出版。のち一九三九年に著述二十九冊、翻訳三十二冊として分冊発行。一九四〇年著述のみを原装にならい『魯迅三十年集』として分冊発行。また一九四六年唐弢編『魯迅全集補遺』、一九五二年唐弢編『魯迅全集補遺続編』出版。

一九五一年

『魯迅日記』（一九一二―三六年間の自筆日記の影印本、ただし一九二二年分を欠く）出版。一九五九年に北京人民文学社より活字本として出版。

一九五六年―一九五八年

人民文学出版社編集部編『魯迅全集』（十冊）出版。創作、評論、および文学史研究を集め、現在最も完備し、注釈を付す。また別に一九二八年同社編集部編『魯迅訳本集』（十冊）を同装釘にして出版。一九五九年出版『魯迅日記』も同装釘。

本書は昭和三十六年四月に刊行された角川文庫を底本とし、改版にあたっては、漢字表記のうち、代名詞、副詞、接続詞、助詞、助動詞などの多くは、読みやすさを考慮し平仮名に改め、名詞、動詞の一部は漢字に、また、漢字の一部は現在使用されている表記に改めた。送り仮名が過不足の字句については適宜正し、現在、不要と思われる振り仮名は略した。

本文中には、気狂い、乞食、いざり、車夫、老婆、百姓、お妾さん、犬殺し、毛唐、坊主、下女、売女、農夫、後家、盲人、外人、女中、人夫、低能児、ちんちくりん、小人、異人、発狂、未亡人といった、今日の人権意識や歴史認識に照らして不当・不適当な語句や表現がありますが、扱っている題材の歴史的状況およびその状況における著者の記述を正しく理解するため、底本のままとしました。

阿Q正伝
魯迅　増田 渉＝訳

昭和36年 4月5日　初版発行
平成30年 6月25日　改版初版発行
令和7年 6月15日　改版7版発行

発行者●山下直久

発行●株式会社KADOKAWA
〒102-8177　東京都千代田区富士見2-13-3
電話　0570-002-301（ナビダイヤル）

角川文庫 20984

印刷所●株式会社KADOKAWA
製本所●株式会社KADOKAWA

表紙画●和田三造

●お問い合わせ
https://www.kadokawa.co.jp/（「お問い合わせ」へお進みください）
※内容によっては、お答えできない場合があります。
※サポートは日本国内のみとさせていただきます。
※Japanese text only

ISBN978-4-04-106853-3　C0197

◆◇◇

角川文庫発刊に際して

角川源義

第二次世界大戦の敗北は、軍事力の敗北であった以上に、私たちの若い文化力の敗退であった。私たちの文化が戦争に対して如何に無力であり、単なるあだ花に過ぎなかったかを、私たちは身を以て体験し痛感した。西洋近代文化の摂取にとって、明治以後八十年の歳月は決して短かすぎたとは言えない。にもかかわらず、近代文化の伝統を確立し、自由な批判と柔軟な良識に富む文化層として自らを形成することに私たちは失敗して来た。そしてこれは、各層への文化の普及滲透を任務とする出版人の責任でもあった。

一九四五年以来、私たちは再び振出しに戻り、第一歩から踏み出すことを余儀なくされた。これは大きな不幸ではあるが、反面、これまでの混沌・未熟・歪曲の中にあった我が国の文化に秩序と確たる基礎を齎らすためには絶好の機会でもある。角川書店は、このような祖国の文化的危機にあたり、微力をも顧みず再建の礎石たるべき抱負と決意とをもって出発したが、ここに創立以来の念願を果すべく角川文庫を発刊する。これまで刊行されたあらゆる全集叢書文庫類の長所と短所とを検討し、古今東西の不朽の典籍を、良心的編集のもとに、廉価に、そして書架にふさわしい美本として、多くのひとびとに提供しようとする。しかし私たちは徒らに百科全書的な知識のジレッタントを作ることを目的とせず、あくまで祖国の文化に秩序と再建への道を示し、この文庫を角川書店の栄ある事業として、今後永久に継続発展せしめ、学芸と教養との殿堂として大成せんことを期したい。多くの読書子の愛情ある忠言と支持とによって、この希望と抱負とを完遂せしめられんことを願う。

一九四九年五月三日

角川文庫海外作品

最後の一葉
オー・ヘンリー傑作集1

オー・ヘンリー
飯島淳秀＝訳

わが国でもっとも愛される「最後の一葉」をはじめ「警官と讃美歌」「賢者の贈りもの」「忙しい株式仲買人の恋物語」など十六編。短編の名手が庶民の姿を独特のユーモアとペーソスで描く傑作集。

変身

フランツ・カフカ
中井正文＝訳

平凡なセールスマンのグレゴール・ザムザは或る朝、巨大な褐色の毒虫へと変じた自分を発見する……徹底的なリアリズムの手法によって、人類の苦悩を描き出す、カフカの代表作。

新版 人生論

トルストイ
米川和夫＝訳

「人生とはなにか?」「いかに生きるべきか?」。この終生の課題に解答、結論を下した書として、全世界でいちばん多く読まれている人生読本。深遠な哲理が、やさしくわかりやすく書かれている。

若き人々への言葉

ニーチェ
原田義人＝訳

「神は死んだ」をはじめ、刺激的な啓示を遺して散った巨人ニーチェ。彼の思想は、現在もなお色褪せることなく燦然と輝いている。彼の哲学的叙事詩の全体像を、分かり易く体系的に捉えたニーチェ入門。

十五少年漂流記

ジュール・ヴェルヌ
石川　湧＝訳

荒れくるう海を一隻の帆船がただよっていた。乗組員は15人の少年たち。嵐をきり抜け、なんとかたどりついたのは故郷から遠く離れた無人島だった——。冒険小説の巨匠ヴェルヌによる、不朽の名作。

角川文庫ベストセラー

金田一耕助に捧ぐ九つの狂想曲

赤川次郎・有栖川有栖・小川勝己・北森鴻・京極夏彦・栗本薫・柴田よしき・菅浩江・服部まゆみ

もじゃもじゃ頭に風采のあがらない格好。しかし誰よりも鋭く、心優しく犯人の心に潜む哀しみを解き明かす――。横溝正史が生んだ名探偵が9人の現代作家の手で蘇る！ 豪華パスティーシュ・アンソロジー！

青に捧げる悪夢

岡本賢一・乙一・恩田 陸・小林泰三・近藤史恵・篠田真由美・瀬川ことび・新津きよみ・はやみねかおる・若竹七海

その物語は、せつなく、時におかしくて、またある時はおぞましい――。背筋がぞくりとするようなホラー・ミステリ作品の饗宴！ 人気作家10名による恐くて不思議な物語が一堂に会した贅沢なアンソロジー。

赤に捧げる殺意

赤川次郎・有栖川有栖・太田忠司・折原 一・霞 流一・鯨 統一郎・西澤保彦・麻耶雄嵩

火村&アリスコンビにメルカトル鮎、狩野俊介など国内の人気名探偵を始め、極上のミステリ作品が集結！ 現代気鋭の作家8名が魅せる超絶ミステリ・アンソロジー！

おいしい旅
想い出編

秋川滝美、大崎 梢、柴田よしき、新津きよみ、福田和代、光原百合、矢崎存美 編／アミの会

昔住んでいた街、懐かしい友人、大切な料理。温かな記憶をめぐる「想い出」の旅を描いた書き下ろし7作品を収録。読めば優しい気持ちに満たされる、実力派作家7名による文庫オリジナルアンソロジー。

おいしい旅
しあわせ編

大崎 梢、近藤史恵、篠田真由美、柴田よしき、新津きよみ、松村比呂美、三上 延 編／アミの会

まだ知らない、心ときめく景色や極上グルメとの出会い。旅先での様々な「しあわせ」がたっぷり詰まった書き下ろし7作品を収録。読めば幸福感に満たされる、豪華執筆陣によるオリジナルアンソロジー第3弾！

角川文庫ベストセラー

大奥華伝

平岩弓枝・永井路子・
松本清張・山田風太郎他
編／縄田一男

杉本苑子「春日局」、海音寺潮五郎「お万の方旋風」「矢島の局の明暗」、山田風太郎「元禄おさめの方」、平岩弓枝「絵島の恋」、笹沢左保「女人は二度死ぬ」、松本清張「天保の初もの」、永井路子「天璋院」を収録。

冬ごもり
時代小説アンソロジー

池波正太郎、宮部みゆき、
松本清張、南原幹雄、
宇江佐真理、山本一力
編／縄田一男

本所の蕎麦屋に、正月四日、毎年のように来る客。彼の腕にはある彫ものが……／「正月四日の客」池波正太郎ほか、宮部みゆき、松本清張など人気作家がそろい踏み！　冬がテーマの時代小説アンソロジー。

商売繁盛
時代小説アンソロジー

朝井まかて・梶　よう子・
西條奈加・畠中　恵・
宮部みゆき
編／末國善己

宮部みゆき、朝井まかてほか、人気作家がそろい踏み！　古道具屋、料理屋、江戸の百円ショップ……活気溢れる江戸の町並みを描いた、賑やかで楽しい〝お店〟小説の数々。

夫婦商売
時代小説アンソロジー

青山文平、宇江佐真理、
澤田瞳子、諸田玲子、
山本一力、山本兼一
編／末國善己

山本一力、諸田玲子ほか、豪華作家が勢揃い！　履物屋、旅籠、道具屋……楽しいことも辛いことも分け合ってきた、色々な夫婦のカタチを人情味たっぷりに描く味わい豊かな小説の数々。

味比べ
時代小説アンソロジー

青山文平、梶　よう子、
門井慶喜、西條奈加、
宮部みゆき　編／大矢博子

門外不出のはずの味が麴町の行列ができる菓子屋に登場した秘密、人気の花見弁当屋が夏場に長い休みを取る意外な理由――。西條奈加、宮部みゆきほか時代小説の名手による、味わい深い食と謎のアンソロジー。